KB043920

행복한 가족

소년 소녀 들에게, 내일의 어른들에게
진정한 사랑을, 달라질 세상을 위하여

NEMMENO CON UN FIORE by Fabrizio Silei

Copyright © 2015, 2022 by Giunti Editore S.p.A., Firenze-Milano
www.giunti.it
Korean translation rights © 2023 Book 21 Publishing Group
Korean translation rights are arranged with GIUNTI EDITORE S.p.A.
through LENA Agency, Seoul
All rights reserved

행복한 가족

파브리치오 실레이 글
최정윤 옮김

arte

일러두기

• 이 책에는 가정 내에서 발생하는 신체적·언어적·정신적 폭력, 성차별, 가스라이팅에 대한 자세한 묘사가 있으며, 학교 폭력, 동물 학대 장면을 일부 포함하고 있어 주의가 필요합니다. 이와 같은 문제로 고통받고 있다면, 266쪽에 정리된 상담 센터를 통해 관련 상담을 받을 수 있습니다.

• 책에 언급되는 영화, 노래, 동화 제목은 홑화살괄호(〈〉)로 표기했습니다. 고유 명사는 최초 언급에 한하여 작은따옴표('')로 표기했습니다.

• 본문 중 이탈리아어는 원어 표기를, 이탈리아어가 아닌 외국어(헝가리어, 프랑스어, 영어)는 원어 표기와 뜻을 아래 첨자로 병기했습니다.

• 각주 중 별도 언급이 없는 것은 모두 역자 주입니다.

부다페스트, 1940년 12월 25일

하누카[1]를 맞아 엄마가 내게 연필 한 자루와 자그마한 이 수첩을 선물로 주었다. 실은 그냥 빈 수첩이 아닌 1938년 날짜가 적힌 일기장이었다. 엄마는 요일은 신경 쓰지 말고 날짜에 맞춰 글을 적어 보라고 했다.

"앞으로 네게 일어나는 좋은 일과 나쁜 일들을 여기에 기록해 보렴. 좋은 일들, 행복한 일들만 있었으면 좋겠구나, 우리 딸…… . 불행한 일은 여태 겪은 것만으로도 충분하니까."

엄마는 나를 꼭 안아 주며 학교에서 나를 차별 대우하는 선생님과 특별한 날이면 평소보다 더 그리운 아빠를 떠올렸을 것이다. 나는 '그래, 까짓것 해 보자.'라고 생각하며 일기장을 외투 주머니에 넣었다.

---

1) 유대교 축제일의 하나로. 히브리력 아홉 번째 달인 키슬레브 스물다섯째 날부터 8일간 치러진다.

행복한 가족

두꺼운 외투를 입어서 그런지 덥다. 나는 8번 승강장의 대기실 창문에 방울방울 무늬를 새기며 떨어지는 비를 바라본다. 빗줄기는 철도 사이로 비스듬히 떨어지며 검은 자갈과 매끄러운 철로를 흠뻑 적셨고, 그것만으로는 부족했는지 승강장의 절반을 촉촉이 물들였다. 만화 속 한 장면 같았다. 얼마 전만 해도 검은 망토를 두르고 비를 맞으며 승강장을 걸어가는 '배트맨'의 모습을 상상했겠지만 이젠 아니다. 지금은 슈퍼히어로의 진짜 모습을 아니까.

마라 누나가 내 옆 창가로 와서 몸을 기댄다. 조금이라도 눈을 붙이려고 몸을 꼼지락거리며 편안한 자세를 찾는다. 우리 앞에는 한 인도 남자가 야구 모자가 가득 담긴 나일론 가방 두 개를 곁에 두고 대기실의 플라스틱 의자 위에 비스듬히 누워 자고 있다. 그는 완벽한 박자에 맞추어 가볍게 코를 곤다. 입에서 흘러내려 축 늘어진 침 한 방울이 들숨 날숨에 맞춰 딸려 올라갔다 내려갔다 한다.

"잠깐 기다려!" 엄마는 이렇게 말하고 대기실 밖으로 나갔다.

승강장 저 멀리 엄마가 보인다. 오늘 아침 갑자기 차가워진 바람을 막기엔 턱도 없이 얇은 재킷의 옷깃을 부여잡고, 기차에서 마실 물 한 병을 사려고 자판기 앞에서 손을 바삐 움직이고 있다.

그 모든 일을 겪은 지금도 믿기지 않는다. 엄마는 해내지 못하리라 생각했다. 이런 일에조차 아빠가 필요하다는 생각을 아직도 떨쳐 낼 수가 없다. 엄마는 동전도 없을뿐더러 버튼을 제대로 누르지 못하고 승강장 바닥에 미끄러져 발목을 접질릴 거라고, 나도 모르게 순간적으로 중얼거린다. 이내 엄마가 허리를 숙여 물병을 꺼내는 것을 보니 그런 생각을 한 것이 부끄러워진다.

뿌옇게 서리 낀 창 너머로 우리에게 걸어오는 엄마의 흐릿한 실루엣이 보인다. 엄마가 나를 보고는 의기양양한 미소를 지으며 마치 트로피를 자랑하듯 물을 내민다. 낯설다. 엄마의 미소는 어딘가 달라져 있었다.

한 가지 생각이 스쳐 간다.

이젠 정말…… 전보다 더 행복할 수 있을까?

* * *

"우린 정말 행복한 가족이야!"

이제부터 내가 이야기하려는 그 사건들이 일어나기 전, 엄마는 늘 이 말을 입에 달고 살았다. 틈만 나면 이렇게 말하는 게 엄마의 말버릇이었다. 한창 대화하던 도중에도 입가에 미소를 지으며 뜬금없이 우린 정말 행복한 가족이라고 말했다. 정육점에서, 미용실에 차례를 기다리다 말고, 밀라노에 삼촌들을 만나러 가서도, 선생님과 면담을 하다가도 기어코 이 말을 하고야 말았다. 내가 아는 엄마들, 내가 만난 사람들 중에 이런 말을 하는 사람은 우리 엄마밖에 없었다. 어릴 적 나는 다른 사람들은 안타깝게도 우리 가족만큼 행복하지 않다고 믿었다. 누구도 행복이라는 말을 입 밖으로 꺼내지 않았으니까.

"상급반으로 올라가시나?" 실비아의 아빠가 포장한 빵을 계산대 위로 건네면서 내게 물었다.

"물론이죠!" 나는 자신만만하게 답했다. "전 과목에서 10점 만점에 8, 9점을 맞았는걸요! 제가 좋아하는 슈퍼히어로 만화책을 선물 받게 될 거예요!"

그러자 엄마가 바로 맞장구를 쳤다.

"네, 맞아요. 니콜라는 모범생이에요. 얼마나 자랑스러운지 몰라요!"

엄마는 무슨 일이 있든지 다른 때보다 특히 더 기뻐하거나 열정을 보이거나 만족감을 느끼는 일이 없었다. 언제나 똑같이 행복했고 언제나 똑같이 웃는 얼굴로 사람들을 대했다.

* * *

마라 누나가 네 살 되던 해에 내가 태어났다. 내가 태어나고 나서 우리 가족은 훨씬 더 행복해졌다고 엄마가 그랬다.

아빠는 기다리던 아들이 태어난 것이 날아갈 듯 기뻐서, 친구들과 가까운 친척들을 초대해 레스토랑에서 성대한 축하 파티를 열었다.

그날 파티의 흔적은 구스타브 삼촌이 앞마당에서 찍은 컬러 사진 한 장뿐이다. 그 사진은 세월이 흘러 검게 변색된 볼품없는 은색 액자에 끼워져 있다.

어릴 적엔 그 사진을 자주 들여다보았다. 요즘도 가끔 본다. 하지만 잠깐 보다 만다. 사진이 머릿속에 저장되어 있어서 자세히 볼 필요가 없어서다. 상상만으로도 사진 속 장면을 그려 낼 수 있을 정도다.

바로 여기, 모두가 있다. 아빠 품에 안긴 나도 보인다. 우리 모두는 구스타브 삼촌이 그날의 파티를 마무리하는 마지막 셔터를 누르길 기다리며 카메라 프레임 속에서 환하게 미소 짓고 있다. 우리가 서 있는 뒤편으로 레스토랑 주차장이 보인다. 지금은 올드 카가 되어 버린 자동차 몇 대가 희미하게 보이고, 콘크리트 계단과 탁 트인 아스팔트 도로 사이에서 뚝심 있게 자란 나무 한 그루와 회색 구름에 덮인 우울하고 따분한 5월의 하늘이 보인다. 좀 더 집중해 본다. 모두의 모습이 한결 선명해진다. 시선을 멈추고 얼굴 하나하나를 살핀다. 자신 있게 미소 짓는 로레다나 고모, 지루한 듯 엉뚱한 곳을 보고 있는 아빠의 회사 동료, 눈을 감고 우스꽝스러운 표정을 짓고 있는 여덟 살 된 내 사촌과 작년에 돌아가신, 풍채 좋은 그의 할머니……. 대부분 내가 잘 모르는 사람들이지만 내 기억 속에 밝고 생기 넘치는 모습으로 남겨져 있다. 모두의 얼굴을 차근차근 살피다가 중앙에서 마라 누나와 갓난아기인 나를 품에 안고 서 있는, 진지하고 근엄한 아빠에게서 시선을 멈춘다. 엄마는 아빠에게 가려 거의 그림자처럼 보인다. 하지만 그 와중에도 엄마의 창백하지만 아름다운 얼굴은 가려지지 않는다. 엄마는 목에 스카프를 두르고 할리우드 배우같이 커다란 선글라스를 쓰고 있다. 그리고 '우리는 행복한 가족이야.'라고 말할 때처럼 입꼬리를 올리고 웃고 있다. 실제로 그 순간에도 그 말을 떠올리고 있었을 게 분명했다. 엄마는 진심으로 그렇게 생각하고 그것이 사실이라 믿으니까. 네 살배기인 누나도 해맑은 얼굴로 웃고 있다. 반면에 나는 아빠 품에서 잠들었고 이 작디작은 사진 속에서 내 얼굴은 알아보기조차 힘든 핑크빛 덩어리에 불과하다.

지금 이 순간, 다른 어떤 말보다 이 말을 꼭 하고 싶다. 우린 정말 행복한 가족이었다고.

부다페스트, 1941년 1월 3일

오늘 아침, 엄마와 장을 보러 가던 길에 아그네스 아줌마와 발라즈 아저씨를 만났다. 맞은편 건물에 사는 젊은 시인 뵈지가 간밤에 흑기사단[2]에 잡혀갔다는 얘기를 하고 있었다.

"동네 사람들이 하나둘씩 사라지고 있어요. 어디론가 끌려가서 못 돌아오고 있는 거예요! 그런 저주받은 자들과 더는 함께 살 수 없어요! 빌어먹을 것들!" 아그네스 아줌마가 중얼거렸다.

발라즈 아저씨는 내 머리를 쓰다듬으며 슬픈 눈으로 나를 바라보았다.

"조심하세요, 부인." 아저씨가 엄마에게 말했다. "그런 불한당들이 활개 치고 다니니 여간 위험한 게 아니에요."

---

2) 제2차 세계 대전 당시, 카를 볼프(1900~1984) 장군이 지휘하던 나치 친위대 _편집자 주

시작

어떻게 말해야 하지? 어디부터 이야기를 시작해야 할까?

지금껏 무수히 많은 책과 만화를 읽었어도 쉽지 않다. 이런 생각을 하고 있는데 잠을 자던 그 인도 남자가 갑자기 몸을 움찔거리며 이상한 소리를 낸다. 그의 입가에 매달려 있던 침 한 방울은 어느새 사라지고 없었다.

나도 그 침과 비슷하다는 생각이 든다. 이야기란 것이 모두 그런 식인 것 같다. 아무도 눈치채지 못했고 겉으로 봐서는 달라진 게 없더라도 더 이상 이전과 같지 않다. 마치 컴퓨터 게임처럼, 레벨을 깨면 그래픽과 맵이 전부 바뀌며 그 세상은 조금 전과 확연히 다른 세상이 되는 것이다.

어느 날 아침 식사 중에 아빠에게 낚시를 가자고 무작정 떼를 썼던 기억이 떠오른다. 지금과 비교하면 열 살의 나는 마냥 철부 지였다.

"회사 일로 바쁘다고 몇 번을 말해." 아빠가 내게 말했다.

엄마는 일어서서 따뜻한 우유를 따라 주고 있었다. 누나는 이미 외출하고 없었다. 엄마가 나지막이 말했다.

"토요일 아침에 데려가면……."

아빠가 고개를 홱 돌렸다. 그리고 창백해진 엄마의 얼굴을 아무 말 없이 바라보기만 했다. 잠시 후, 아빠는 자리에서 일어나며 심각한 얼굴로 냅킨을 식탁에 내려놓았다.

"보아하니…… 여기 있는 누구는 돈이 나무에서 주렁주렁 열리는 줄 아나 본데." 그리고 그 뒤에 웃으며 덧붙였다. "그래, 토요일 아침에 가자!"

"와! 고마워요! 고마워요! 고마워요!"

나는 용수철처럼 튀어 올라 아빠의 목을 끌어안았다. 아빠가 나를 번쩍 들어 올렸다.

"우리 아들을 위해서라면 뭔들 못 하겠어! 자, 쓸데없이 참견이나 하는 엄마 입에 뽀뽀해 주렴."

아빠는 그렇게 진담 반 농담 반으로 상황을 마무리 지었다. 엄마는 핏기 없는 얇은 입술로 미소를 띠며 웃다가 이내 시선을 떨

14

구었다.

집을 나설 때, 나는 엄마에게 달려가 뽀뽀를 했다. 아빠도 엄마에게 다가가 팔을 잡고 몸을 돌려세웠다.

"나는?" 아빠가 농담조로 말했다. "나는 안 해 줄 거야?"

그러고는 엄마를 강하게 끌어당겼다.

"애가 보잖아요……."

하나 마나 한 반항이었다.

쪽. 두 사람은 입맞춤을 했다. 아빠는 내게 윙크하며 하이 파이브를 건네고는, 휘파람을 불며 기분 좋게 출근했다.

엄마는 아빠가 잡아당긴 부위를 문지르고 있었다.

"아빠는 힘이 너무 세다니까요!" 난 힘이 센 아빠를 자랑스럽게 생각했었다. "그리고 엄마는 연약한 꽃 같고요!"

* * *

엄마는 연약할 뿐만 아니라 덜렁거리기까지 하는 사람이었다.

사람은 누구나 연약하거나 산만할 수 있다. 현기증에 시달리거나 잠시 기절할 수 있고, 열려 있는 문이나 창문을 미처 보지 못하고 바닥에 떨어진 바나나 껍질을 알아차리지 못할 수도 있다. 우리 엄마가 그랬다.

엄마는 내가 세상의 이치를 깨닫기 시작한 후로 줄곧 그렇게 살아왔다.

아름답지만 말수가 적고 연약했으며, 백옥같이 희고 얇은 살결을 가진 엄마.

만지기만 해도 피부에 쉽게 멍이 들어 여름에도 긴소매 옷을 입던 우리 엄마.

나는 엄마가 다칠까 봐 언제나 조심스레 다가갔고, 함께 길을 걷거나 서랍을 여닫을 때는 조심하라고 몇 번이나 일러 주었다.

아빠는 엄마를 이렇게 놀렸다.

"크리스털 공주님!"

그리고 기분이 좋을 때면 이렇게 불렀다.

"완두콩 공주님!"[3]

그러면 나와 누나는 배꼽을 잡고 웃었고 엄마도 웃음을 터뜨렸다. 엄마는 자지러질 정도로 웃다가 심지어 눈물까지 흘린 적도 있다. 하지만 어떨 때는 웃음기 없는 슬픈 표정으로 하던 일만 계속했다. 그러면 아빠가 이렇게 말했다.

"얘들아, 정말 안타깝지만 너희 엄마는 유머 감각이 꽝이구나! 여자들이 그렇지 뭐. 마라, 넌 아빠를 닮아서 다행이야!"

---

3) 안데르센의 동화 〈공주와 완두콩〉을 언급한 것이다.

엄마는 나나 누나와 함께 있을 때는 단 한 번도 기절하거나 넘어져 머리를 부딪치거나 한 적이 없다. 하지만 엄마가 산만해서 그런 일이 종종 있다는 것은 아빠에게 들어 알고 있었다. 집안일은 모두 엄마가 맡아서 했는데, 거기서도 종종 실수가 드러났다. 아빠 말대로 '정신이 딴 데 팔려 있어서' 그런 거겠지.

이런 이유로 엄마는 직장에 다니지 않고 집에서 우리를 돌보았다. 아빠는 엄마가 외출하는 것을 좋아하지 않았다. 엄마는 집 밖에 나갈 일이 없으니 핸드폰도 필요 없었다. 아빠는 남자니까 밖에 나가 일을 하고 가족을 돌볼 책임이 있다고 했다. 아빠의 회사는 규모가 크진 않았지만 네 식구를 벌어먹이기에는 부족함이 없었다.

엄마도 한때는 직장을 다녔다고 한다. 그렇지만 우리가 태어나기 전 아빠의 권유로 일을 그만두고 우리를 돌보는 일에만 전념하게 됐다. 그런데 이해가 안 되는 점도 있었다. 아빠는 그렇게 산만하고 매사 실수투성이인 엄마가 종일 우리와 붙어 지내는 게 불안하지 않은 건가? 하지만 무슨 일이 있어도 다치는 쪽은 늘 엄마였다.

내가 다쳤던 적은 네 살 때 딱 한 번 있었다. 내가 책장을 타고 올라갔다가 바닥으로 고꾸라져 머리를 부딪친 것이다. 그날 난리가 났다는 이야기를 누나에게 들었다. 회사에서 황급히 돌아온 아빠가 나를 안고 얼음찜질을 해 주며 엄마에게 소리를 질렀고, 엄마는 속상해서 펑펑 울었다고 한다.

그래, 생각해 보면 그 시작점을 찾는 것은 무의미하다. 어쩌면 이 모든 일이 하루아침에 시작된 게 아닐지도 모른다. 내가 태어나기도 훨씬 전에 이미 시작되었고, 나도 모르는 사이 나도 그 일부가 되었을지도. 그냥 그날 아침이 되어서야 비로소 알아차린 것뿐일지도…….

부다페스트, 1941년 1월 14일

며칠 뒤면 엄마의 생일인데 엄마는 슬픔에 잠겼고 집 안에는 냉기가 가득하다. 석탄이 얼마 남지 않았는데 석탄을 사러 나가기도 위험하다. 그래서 우리는 집 안에서도 양파처럼 옷을 겹겹이 껴입었다. 나도, 엄마도 마른 몸이 뚱뚱해 보일 정도로 옷을 마구 껴입었다.

"엄마, 뚱뚱보 같아요!" 내가 농담을 던졌다.

그러자 엄마가 웃으며 받아쳤다.

"누가 할 소리, 넌 꼭 도넛 같구나! 밥 좀 줄여야겠는데?"

이렇게 말하는 엄마의 눈가가 촉촉해졌다. 엄마에게 근사한 선물을 하고 싶지만 내가 줄 수 있는 게 아무것도 없다.

아빠

토요일 아침, 나는 아빠의 검은색 오프로드 차를 타고 낚시를 좋아하는 동갑내기 사촌 다니엘레를 데리러 갔다.

당시의 기억을 떠올려 보자면, 우리는 시내를 걷고 있었고, 갑자기 어느 노숙자의 지독한 악취가 내 코를 찔렀다. 그는 임시 천막 같은 곳에서 골판지 상자를 덮고 자고 있었고, 그 옆에는 자질구레한 물건이 가득 쌓인 쇼핑 카트가 있었다.

"으, 역겨워!" 아빠가 한 손으로 입을 가리고 한 손으로는 내 손을 잡고서 빠른 걸음으로 노숙자 주변을 벗어났다. "도시가 시궁창이 되어 가는군! 나 원 참!"

"근데 저 사람은 왜 저기 있어요?" 나는 뒤를 돌아보며 물었다.

"존엄성 때문이지." 아빠가 대답했다. "저 남자는 존엄성을 잃은 거야! 니콜라, 이 한 가지를 꼭 기억하렴. 살면서 어떤 일이 일어날지는 아무도 몰라. 하지만 무슨 일이 있어도 절대 잃어선 안 되는 게 한 가지 있단다. 그게 바로 존엄성이야!"

나는 이해가 되진 않았지만 일단 고개를 끄덕였고, 잠시 후 우리는 차를 세워 둔 주차장에 도착했다.

아빠에게는 그 '존엄성'이라는 것이 있었다. 잘 손질된 콧수염과 깔끔히 면도한 얼굴, 정돈된 머리. 어디 하나 흠잡을 데 없는 모습이었다. 아빠는 회사 직원이나 이웃들과 대화할 때 늘 바른 자세를 취했고, 아는 것이 많아 자주 사람들에게 이런저런 것들을 설명해 주기도 했다.

낚시터에 도착해서, 우리는 낚싯대를 가지런히 놓고 접이식 의자를 펼쳐서 버드나무 그늘 아래 앉았다. 나이가 지긋한 배불뚝이 낚시꾼 한 명이 10미터 떨어진 곳에 자리를 잡았다.

"얘들아, 저 사람은 유럽 챔피언이란다!" 아빠가 속삭였다.

"낚시 챔피언이요?" 다니엘레가 농담인 걸 모르고 물었다.

"아니! 오슬로 올림픽의 도넛 많이 먹기 챔피언이지. 저 뱃살이 말해 주지 않니, 안트베르펜[4]에서 10분 만에 720개의 도넛을 먹

---

4) 벨기에의 주(州) _편집자 주

어서 프랑스인이 세운 종전 기록을 갈아 치웠다고!"

우리는 배꼽을 잡고 웃었다.

* * *

아빠와 보내는 시간은 언제나 즐거웠다. 몸매 관리에 누구보다 열성적인 아빠는 자신의 군살 없이 날씬하고 다부진 몸을 자랑스러워했고, 이를 유지하기 위해 일주일에 두 번씩 퇴근 후에 헬스장에 갔다.

바다나 수영장에 갈 때면 우리가 항상 하는 놀이가 있었다. 해변을 거니는 내내 독특하고 별난 사람들을 찾아다니며 그런 사람들에게 별명을 지어 붙이는 놀이였다.

"저것 좀 봐라, 니콜라. 저거!"

적당한 사람을 찾으면 아빠가 내게 속삭였다. 하지만 우리 사이에는 말이 필요 없었다. 고개를 끄덕이거나 눈짓을 하는 것만으로도 충분했다.

"아빠, 저기 봐요! 저기요!"

어느 날엔 내가 비치체어에 앉아 있는, 배가 산만 한 뚱뚱한 남자를 가리켰다. 탄탄한 복근이 있어야 할 자리에 거대한 수박이 놓여 있는 것 같았다.

아빠가 말했다.

"저 사람, 미스터 트립이야. 많이 먹기 대회에서 1976년부터 79년까지 4년 연속 금메달을 딴 사람. '리보르노식 대구 요리를 곁들인 트리플 공중제비 소시지 튀김 먹기'의 달인이란다."

"그게 뭐예요? 어떻게 하는 건데요?"

웃느라 찢어지게 아픈 배를 잡고 물으면, 아빠는 또 이런 말들을 덧붙였다.

"부부가 짝을 이뤄서 하는 경기야. 소시지 튀김을 테이블 가장자리에 쭉 늘어놓고 아내가 국자로 소시지를 툭 치면, 그것들이 공중에서 세 바퀴를 돌지. 그러면 남편이 날아오른 소시지를 재빨리 낚아채 씹지도 않고 바로 삼키는 거야. 저 남자가 320개의 소시지를 먹어 치운 결승전에는 철인 삼종 경기처럼 엄격한 규칙이 있었대. 소시지 스무 개를 먹을 때마다 소화제 대신 리보르노식 대구 요리 한 접시를 먹어야 하는 규칙!"

그때의 나는 '라자냐 계주', '티라미수 높이뛰기', '소시지 사격', '라르도 디 콜론나타Lardo di Colonnata[5) 스케이트'와 같은 기발한 종목들을 지어내는 아빠의 재치가 자랑스러웠다. 가끔 당사자들이 우리가 웃는 것을 보고 노려보기도 했지만, 그때마다 우리는 모른

---

5) 순수 돼지 지방으로만 만든 생햄

척했다.

"아빠, 사람들이 알면 두들겨 팰지도 몰라요!" 내가 키득거리며 말했다. "우리를 으깨서 가루로 만들어 버릴 거예요!"

"누가, 저 사람이? 붙어 보면 알겠지!" 아빠가 자신만만하게 말했다. 그러고는 이렇게 물었다. "살이 찌면 어떻게 되는지 아니?"

나는 고개를 저으며 모른다고 했다.

"주먹이 푹신해져!"

보통 아이들이 생각하는 것처럼, 내 눈에는 우리 아빠가 천하무적이었다. 내가 좋아하는 만화책 속 슈퍼히어로보다 강하고 용감했다. '캡틴 아메리카' 같았다. 물론 아빠라면 여자들이나 입는 타이즈는 절대 입지 않을 테지만.

* * *

그날 우리 자리에서 몇 걸음 떨어지지 않은 곳에, 위장 바지에 조끼까지, 전문가처럼 복장을 갖춘 한 아줌마가 자리를 잡고 낚싯대를 가지런히 정렬해 놓았다. 그걸 본 아빠가 웅얼거렸다.

"이런……. 신이시여, 부디 우리를 구원하시고 해방해 주소서! 도토리나무에 레몬이 열린 꼴이군!"

그때, 다니엘레의 낚싯대에 농어 한 마리가 걸렸다. 그가 낚싯대를 들어 올리자 대가 한껏 휘어졌다. 나는 물고기를 놓치지 않도록 그물망을 대 주었고 잡은 고기를 아빠에게 가져갔다.

"세상에!" 아빠가 말했다. "대단한데! 낚싯줄을 집어삼켰구나. 이대로 줄을 잡아 빼면 망가지겠어! 등지느러미는 칼날처럼 날카로우니까 만지지 마라!"

크기가 아빠 손만 하고 푸른빛과 붉은빛이 동시에 감도는 황금색의 멋진 물고기였다. 물고기는 당장이라도 튀어나올 것 같은 눈으로 필사적으로 숨을 헐떡거렸다. 나는 낚싯바늘 제거기를 가지러 재빨리 뛰어갔다.

"아니야, 그러면 안 돼!" 아빠가 나를 말렸다. "그러면 줄이 망가져. 이 녀석을 놓아 줄 것도 아닌데 성가시게 그런 걸 쓸 필요는 없지. 살아 봤자 다른 물고기들의 알을 모두 먹어 치울 강도 같은 녀석한테 말이야!"

아빠는 그러면서 헝겊으로 손을 감싸고 도구함에서 큰 사냥용 칼을 꺼냈다. 그러고는 물고기를 바위 위에 올려놓고 칼로 무자비하게 물고기의 눈 한가운데를 내리쳤다. 나는 피가 흘러나오는 그 끔찍한 장면을 차마 볼 수 없어 고개를 돌렸다.

"니콜라, 호들갑 그만 떨고 잘 봐 둬라!"

아빠는 이를 악물고 힘을 주어 물고기를 잡고 노려보았다. 그러고는 꿈틀거리는 물고기의 배를 반으로 가르고 내장에 꽂혀 있는 낚싯바늘을 찾았다. 그리고 말했다.

"이 망할 녀석이 바늘 삼킨 것 좀 봐라! 이렇게 해야 낚싯줄이 망가지지 않아, 알겠니? 줄을 당겨서 바늘을 뺐다간 다 망가졌을 거야!"

나는 아빠의 손재주와 침착하게 뒤처리하는 모습에 감탄했다.

우리는 낚시를 계속했고, 아빠는 전문 낚시꾼처럼 침착하고 안정적인 손놀림으로 잉어 한 마리를 잡아 올렸다. 나와 다니엘레는 신이 나서 그물망을 갖다 댔다. 아빠는 바늘을 빼면서 옆에서 낚시하는 아줌마를 흘긋 보며 말했다.

"대물을 낚으려면 거시기가 필요할 거요, 아가씨!"[6]

나는 그 말을 똑똑히 들었다. 평소 남들 앞에서 비속어 같은 건 전혀 쓰지 않는 아빠였기에 나는 짓궂게 되물었다.

"뭐라고요, 아빠?"

"뭐라고 하긴? '배짱이 필요할 거요, 아가씨!'라고 했지."

아빠는 내게 윙크를 날리고는 이야기를 꾸며 내기 시작했다.

"얘들아, 저 여자가 여기 왜 왔는지 아니? 이곳에는 여성 전용 생선 가게가 있거든!" 그리고 바로 덧붙였다. "여기 와서 미끼 던질 시간에 집에서 남편 밥상이나 차려 줄 것이지, 쯧."

---

6) 원문은 "Ci vogliono le palle…… bellazza!(찌가 필요할 거요, 아가씨!)"다. 원문에서 '낚시찌'의 의미로 쓰인 'Palle'는 '공', '남성의 고환'을 뜻하기도 한다.

우리는 배꼽이 빠져라 웃었다. 파마머리를 한 금발의 그 아줌마가 잉어를 연달아 잡아 올리기 전까지는.

아빠의 표정이 급격히 어두워졌다.

"독이 든 미끼를 준 거야! 남성 호르몬을 주입했거나!"

그 뒤로 아빠는 말이 없어졌고 우리는 아무런 수확도 올리지 못했다.

"저 아줌마, 솜씨가 대단한데요." 다니엘레가 말했다.

"분명 두꺼운 16호짜리 낚싯줄을 사용했을 거야. 전문가용은 아니지. 나처럼 6호를 사용했다면, 저렇게 성급하게 낚아채다가 줄이 다 끊어져 버렸을 테니까!"

차를 타고 돌아오는 길에 우리는 낚시꾼 아줌마를 잊으려고 목청껏 국가를 불렀다. '파라품 파라품, 파라품 품 품 품 품!' 하는 부분에서는 뭔가에 홀린 것처럼 손으로 의자를 두드렸고, 아빠도 손으로 대시 보드를 두드리며 탁탁 소리를 냈다. 즐겁다 못해 다들 뭔가에 홀린 사람들 같았다.

다니엘레를 집 앞에 내려 주는데, 그 애가 내게 말했다.

"삼촌은 정말 멋져, 오늘 최고로 재밌었어. 넌 삼촌이 아빠라서 좋겠다!"

"당연하지! 우리 아빠가 세상에서 제일 멋져!"

나는 아빠가 있어서 행복하다고 생각했다.

부다페스트, 1941년 1월 20일

서랍장에서 흰색 면 손수건 두 장을 발견했다. 거기에 수를 놓아 엄마 생일 선물로 주면 좋겠다는 생각이 들어서 위층에 부모님과 함께 사는 데네스에게 자수를 가르쳐 달라고 부탁했고, 오후에 이따금 그 집에 들렀다. 데네스 집은 우리 집보다 따뜻했다. 철도 회사에 다니는 데네스의 아버지가 도시락 가방에 석탄을 조금씩 챙겨 온다고 했다.

"털장갑을 끼고서 어떻게 수를 놓으려고 그래!" 데네스가 말했다.

데네스는 스무 살이다. 얼굴은 영화배우 뺨치게 예쁘고 손은 피아니스트 손처럼 가늘었다. 내게 자수법을 설명하려다 엉겁결에 데네스가 자수를 거의 다 완성해 버렸다. 대단한 작품은 아니었지만.

우리는 친구가 되었다. 데네스가 주조 공장에서 일하는 남자와 약혼했다고 고백했다. 그날 저녁 데네스가 쓰레기를 버리러 나갔을 때, 그 약혼자가 골목 모퉁이에서 데네스를 기다리고 있었다. 둘은 앞으로 이루게 될 가정과 태어날 아이들의 이름을 상상하며 함께 산책했다고 한다. 내년 봄에 결혼할 거라고 말하는 데네스의 눈은 행복에 겨워 반짝반짝 빛났다.

누나

　내가 이렇게 멋진 아빠를 존경할 수밖에 없었다는 것은 누구나 인정할 것이다.

　그러는 사이, 나와 누나는 성장해 가고 있었다.

　나의 누나인 마라는 어느덧 열네 살이 되어 어린애 티를 벗고 한층 더 아름다운 미모를 자랑했다. 목이 길어지고 볼살이 빠지니 점점 더 엄마를 닮아 갔다. 하지만 얼음장같이 파란 눈과 단호한 성격은 아빠를 빼다 박았다.

　누나는 피자를 먹든 뭘 하든 저녁만 되면 친구들과 외출하고 싶어 했다. 하지만 아빠는 허락하지 않았다. 누나는 늘 토라져서 엄마에게 투덜거렸다.

어느 날 저녁, 누나가 오후에 있을 친구의 생일 파티에 가도 되는지 물었고, 엄마가 대답했다.

"저녁 식사 전에는 돌아와야 한다. 몸조심하고!"

"벌써 그렇게 하기로 둘이서 정했나 보지?"

순간 정적이 흘렀다. 아빠가 엄마를 보며 떨떠름한 표정을 짓자, 당황한 엄마는 언제나처럼 앞치마를 만지작거리며 말했다.

"그래도 괜찮을 것 같아서요……. 안 그래요?"

"거참, 오래 살고 볼 일이네! 이제 당신 스스로 생각하고, 결정도 하고!" 아빠가 조용히 오른손으로 구겨진 식탁보를 반듯하게 펴면서 중얼거렸다. "그래, 당신이 드디어 생각이란 걸 하기 시작했군……."

"당신이 안 된다고 하면……." 엄마가 뒤늦게 수습하려 했다.

"내가 안 된다고 하면? 아니, 안 되고 말고 할 게 뭐 있어? 이미 결정된 일을. 두 사람이 그렇게 하기로 했다며? 난 돈만 벌어다 주면 되는 거 아냐? 내 할 일이 그거 말고 또 있어?"

참다못한 누나가 물었다.

"그러면 갔다 와도 된다는 거죠?"

"엄마 말 못 들었니? 가!" 아빠가 고기를 신경질적으로 씹으며 위협적으로 쏘아붙였다. "이건 나와 너희 엄마의 문제야. 몇 가지 분명히 해 둬야 할 게 있겠군……. 자, 이제 나는 니콜라와 저기로

30

가서 축구를 봤으면 하는데. 물론 당신이 허락해 준다면 말이지!"

엄마는 아빠를 무시할 의도는 없었다고 말하려 했지만, 아빠가 딱 잘라 엄마의 말문을 막아 버렸다.

"아이들 앞에서 할 이야기는 아닌 것 같군. 신경 쓰지 마."

아빠는 그렇게 식사를 마무리하고는, 내게 거실로 오라고 손짓했다.

* * *

다음 날, 학교에서 돌아와 보니 엄마가 할리우드 여배우들이나 쓸 법한 까만 선글라스를 끼고 있었다.

"이번엔 어떻게 된 거예요?"

"찬장 문에 눈을 부딪쳤어."

엄마가 지친 듯 말하며, 익숙한 몸짓으로 찬장을 열어 문이 딱 엄마 눈높이라는 것을 보여 주었다.

내가 진지한 얼굴로 말했다.

"엄마, 물건을 꺼내고 나면 문을 꼭 닫아야죠. 자꾸 부딪치잖아요. 물건을 딴 데로 옮기든지요!"

나는 엄마에게 눈을 보여 달라고 했다. 크게 걱정할 정도는 아닌 것 같아 엄마의 눈가에 살포시 뽀뽀한 다음, 안심하고 부엌을 나왔다. 관자놀이가 온통 시퍼런 정도는 항상 있던 일이니까.

나는 TV를 보러 가다 말고 엄마에게 이렇게 말했다.

"엄마는 역시 공주라니까요, 크리스털 공주!"

엄마는 다시 선글라스를 끼고 돌아서서 설거지를 시작했다.

그런데 이해할 수 없는 일이 있었다. 누나가 베개에 얼굴을 묻고 울고 있던 것이다.

"누나, 왜 그래? 무슨 일이야?"

내가 누나의 어깨를 흔들자 누나가 화를 내며 돌아보았다.

"아무것도 아니야! 아무 짓도 안 했고, 아무 일도 없었어! 세상이 무너져도 어차피 넌 모르겠지. 넌 아직 어린애니까. 너 같은 꼬맹이가 뭘 알겠어!"

나는 속상해서 고개를 푹 숙였다. 눈물이 쏟아질 것 같았다.

누나가 뒤돌아서 나를 안아 주었다. 그리고 내 머리를 쓰다듬으며 미안하다고 사과했다.

"니콜라…… 너한테 화내려는 건 아니었어. 넌 상관도 없는 일인데……. 넌 잘못 없어."

하지만 누나는 무슨 일인지, 뭐가 그렇게 힘든 건지는 말하려하지 않았다.

'친구랑 좀 다퉜나 보다.' 나는 속으로 생각했다.

그리고 얼마 후에 누나가 친구 생일 파티에 가지 않은 걸 알게 되었다. 어쩌면 그래서 울고 있었던 건지도 모른다.

생각해 보면 나는 다니엘레 생일 파티에 가서 그 애 집에서 하룻밤 자고 오기까지 했다. 죄책감이 들었다.

하지만 내 경우는 누나와 달랐다. 나는 어리고, 남자니까.

부다페스트, 1941년 1월 27일

　오늘은 엄마 생일이었다. 엄마는 생각지도 못했던 하늘색 자수 손수건을 선물 받고 무척 기뻐했다. 손수건 한 장에는 화살 대형을 이루며 날아가는 오리 떼를, 다른 한 장에는 블루벨 꽃을 수놓았다. 블루벨은 엄마처럼 섬세한 꽃이다. 엄마도 오리를 보면서 나와 똑같은 생각을 할 것이다. '날개를 쫙 펴고 흑기사뿐만 아니라 이런 전쟁과 온갖 추악한 것들로부터 멀리 달아날 수 있다면 얼마나 좋을까.'라고.

　엄마가 푸르지너 아줌마의 양장점에서 다시 일하기 시작했다. 그동안 모아 놓은 돈이 거의 바닥나고 있던 참이라 무척 다행이라고 했다. 검은 유니폼을 수선해 달라는 주문이 들어왔다. 알고 보니 그건 흑기사단의 제복이었다.

여자들

부모가 되는 것은 쉬운 일이 아니다. 매일 아침 출근길에 아빠는 차로 우리를 학교까지 데려다주었고, 엄마는 늘 그렇듯이 집에 남았다. 엄마는 머리 손질도 집에서 직접 했다. 인스턴트식품처럼 영양가 없는 가십 소굴인 미용실에서 시간을 낭비하는 것은 있을 수 없는 일이라고 아빠가 말했기 때문이다.

어느 날, 누나가 아침 식사를 하러 나왔다. 나는 전혀 알아차리지 못했지만, 그때 누나는 무릎 위로 올라오는 데님 스커트를 입고 아이섀도와 립글로스를 아주 엷게 바른 채였다.

아빠가 신문을 읽다 고개를 들어 누나를 보았다. 그러고는 별일 아니라는 듯 무심하게 말했다.

"부탁인데, 마라, 바지로 갈아입고 화장도 지워라. 넌 클럽이 아니라 학교에 가는 거다."

이 말을 들은 누나가 억울한 듯 엄마를 쳐다보았다. 엄마는 고개를 숙였다.

"아빠가 시키는 대로 하렴."

"대체 뭐가 문제예요?! 저도 이제 열네 살이에요, 친구들도 다 이렇게 입는다고요. 뭐가 잘못된 거죠?"

아빠는 아무 말 없이 자리에서 일어나더니, 누나의 뺨을 힘껏 내리쳤다. 고개가 반대쪽으로 돌아갈 정도였다. 누나의 긴 머리가 슬로 모션처럼 흩날렸다.

나는 너무 놀라 입이 다물어지지 않았다. 이런 적은 처음이었다. 아빠가 귀를 잡아당긴 적은 있어도 우리에게 이 정도 손찌검을 한 적은 없었다.

나는 겁에 질리고 공포에 사로잡힌 엄마의 눈을 보았다. 순식간에 얻어맞은 자리가 빨갛게 달아올랐다. 누나는 믿을 수 없다는 듯이 손을 뺨에 가져다 댔다. 아빠가 조용히 말했다.

"이제 알아들었지."

화가 난 누나가 살벌한 눈빛으로 홱 돌아서며 아빠를 향해 무언가 중얼거렸다.

"뭐라고 했냐?" 아빠가 위협적으로 물었다.

"아무것도 아니에요." 누나가 작게 말했다.

"뭐라고?" 더욱 화가 난 아빠가 다시 물었다.

"아무것도 아니라고요!" 누나는 소리를 빽 지르고는 그제야 흐느끼기 시작했다.

"그래, 착하지. 그래야지. 이제 옷 갈아입어라. 이러다 우리까지 늦겠어!"

엄마는 화장실로 달려가 아침에 먹은 걸 토했다.

아빠가 나를 보고 웃으며 윙크했다.

"누나가 이제야 아빠 말을 이해한 것 같구나. 이런 적극적인 설명이 필요할 때가 종종 있지. 아빠는 오늘 아침 윗몸 일으키기를 200개나 했단다. 똥배가 나오지 않게 너도 지금부터 시작해야지!"

그러고는 아무 일도 없었다는 듯 미소를 지었다.

나도 따라 웃었다.

엄마가 구역질하는 소리에 아빠는 화장실 문 앞으로 갔다. 문은 잠겨 있었다. 아빠가 노크했다.

"당신 괜찮아? 왜 그래? 문 좀 열어 봐!"

대답이 없자 아빠는 문손잡이를 거칠게 두어 번 돌리면서, 더욱 격해진 감정을 드러내며 다시 물었다.

"문 열어! 괜찮은 거지?!"

변기 물 내리는 소리와 함께 문이 딸깍하고 열렸다. 엄마가 하얗게 질린 얼굴로 모습을 드러냈다.

"왜 그래?" 아빠가 거칠게 물었다.

"아침 먹은 게 얹힌 것 같아요." 엄마가 눈을 내리깔고 말했다.

"하여튼 예민하다니까! 참 힘드시겠어!" 아빠가 톡 쏘아붙였다. "당신이 애한테 뭐라고 말 좀 해, 엄마잖아! 이런 것까지 내가 일일이 신경 써야겠어?"

아빠는 옆에 있던 나의 손을 잡고 밖으로 데리고 나갔다. 그러면서 엄마에게 명령조로 말했다.

"마라한테 집 앞에서 기다린다고 해!"

우리는 계단을 내려갔다. 아빠에게 엘리베이터는 노인네들이나 이용하는 시설일 뿐이다.

"저 여자들을 어떻게 해야 할지 정말 모르겠구나!" 아빠가 하늘을 올려다보며 탄식했다. "아! 여자들이란!"

그렇게 계단을 내려가다 말고 멈춰 서서는, 몸을 숙여 내 어깨를 잡고 진지한 얼굴로 말했다.

"니콜라, 네가 아빠를 도와줘야 해. 네 누나는 하루가 다르게 커 가는데, 아빠는 매일 회사에 나가야 하고……. 아빠 혼자 감당하기가 버겁구나."

나는 고개를 끄덕였다. 나를 믿어 주는 것 같아 뿌듯했지만, 한편으로는 아까 일로 인해 조금 무서웠다.

"아빠를 도와서 누나를 잘 지켜보겠다고 약속해 주겠니? 단속이 필요해! 요즘 세상이 어떤지 너도 잘 알잖아. 누나가 나쁜 일을 겪게 하고 싶지 않아서 그래, 이해하지?"

나는 다시 한번 고개를 끄덕였다.

"너 아니면 아빠가 누굴 믿을 수 있겠어?"

"엄마도 있잖아요⋯⋯." 내가 말했다.

"그래, 그렇지! 그런데 여자들은 항상 여자 편이란 걸 잊지 마! 그래서 우리가 똘똘 뭉쳐서 여자들을 돌봐야 하는 거야. 바로 이런 일에 남자들이 나서야 하는 거지." 그러고는 내게 손을 내밀었다. "아빠 도와줄 거지?"

내가 미처 대답도 하기 전에 아빠는 내 손을 꼭 쥐고 다른 한 손으로 내 어깨를 토닥이며 나를 꼭 끌어안았다. 아빠의 품에서 우물쭈물대는 사이, 애프터셰이브 향이 콧속으로 스며들어 왔다. 혼란스러웠지만 나는 숨을 고르며 스스로 행복하고 중요한 사람이라고 생각하기로 했다. 나도 아빠를 꼭 안았다.

"우리 집 여자들이 불행한 일을 당하지 않도록 해 주자, 약속?"

"약속!"

나는 그 계단에서의 약속이 맹세와 다름없다고 생각했다. 슈퍼히어로가 악의 무리로부터 도시를 지키겠다고 손을 모아 하는 맹세 같은 것 말이다.

조금 뒤에 누나가 굳은 얼굴로 차에 올랐다. 우리는 이동하는 내내 한마디도 하지 않았다. 부루퉁한 누나를 학교 앞에 내려 주었을 때, 아빠가 누나에게 뽀뽀를 요구하며 말했다.

"이렇게 입으니 얼마나 예쁘니. 모범생이 따로 없구나."

그러면서 학교로 들어가는 다른 여학생들을 쳐다보았다.

"쟤들은 대체 옷을 어떻게 입은 거야! 어린 것들이 천박하게 옷을 입었어. 저 집 부모들은 대체 어떻게 된 인간들이야?"

"아까 누나는 왜 때렸어요?" 누나가 가고서 내가 물었다.

"너도 봤잖니, 누나가 버릇없이 군 거. 아빠가 잘못한 게 아니야, 버릇을 고쳐 준 거지. 누나가 이번 일로 확실히 알아들었기를 바랄 뿐이다. 이런 세상에서 저렇게 제멋대로 하게 내버려 두면 금세 삐뚤어지는 법이야, 알겠니?"

나는 고개를 끄덕였다. 충분히 이해됐다.

"마라는 네 누나인 동시에 연약한 여자야. 누구에게든 이용당하기 쉬운, 여자. 아직 어리니까 더더욱 조심해야 해. 여자를 보호하는 것이 우리의 의무고, 필요하다면 체벌도 감수해야 한단다. 우리는 남자고 엄마랑 누나는 우리의 여자니까, 우리가 두 사람을 사랑으로 돌봐 줘야 하는 거야……. 아빠 말이 맞지?"

"맞아요!" 내가 말했다. "저도 누나를 무척 사랑해요."

"엄마도?"

"그럼요, 당연하죠."

그날 아빠와 나 사이에 신뢰와 공감이 쌓인 것 같아 뿌듯한 마음으로 학교에 도착했다. 마치 내가 어른이, 집안의 가장이 된 것 같았다.

그날 오후, 나는 주방에서 숙제를 하던 중에 오줌이 마려워서 화장실에 갔다가, 누나와 엄마가 화장실에서 나누는 대화를 들었다. 나는 화장실 문에 바짝 다가섰다. 두 사람은 아빠에 대해 이야기를 하고 있었다. 엄마가 이렇게 설명하는 것이 들렸다.

"아빠도 악의는 없었어. 널 다치게 할 생각은 아니었을 거야. 다 너를 사랑하고 걱정해서 그런 거야. 널 보호하려는 거지. 아빠 일도 그렇잖아, 책임져야 할 것도 많고 스트레스도 이만저만이 아니란다. 회사 사정도 좋지 않고. 우리가 이해해야 해."

"엄마는 매번 아빠 편만 들죠? 난 엄마랑 다르거든요. 이제 어린애도 아니에요. 아빠가 엄마한테 어떻게 하는지 내가 모를 것 같아요? 아빠가 무슨 짓을 해도 엄마는 입도 뻥끗 못 하면서!" 누나가 분통을 터뜨렸다.

"대체 무슨 말을 하는 거니? 어떻게 그런 생각을 할 수가 있어? 왜 그런 말을 해?" 엄마가 놀란 반응을 보였다.

그러다 갑자기 전화벨이 울려 대화가 중단됐다.

나는 황급히 부엌으로 돌아갔다.

누나가 전화를 받았다. 아빠였다.

나는 누나가 초조한 듯 수화기 겉면을 긁으면서 통화하는 것을 보았다.

저녁이 되자, 아빠는 누나에게 줄 선물을 사 들고 돌아왔다.

아빠가 소파에 앉아서 누나를 불렀다. 두 사람은 오랫동안 이야기를 나누었다. 아빠는 누나의 머리를 쓰다듬어 주었고 누나는 미소를 지었다. 아빠가 준 선물 상자에는 분홍색 곰 인형이 들어 있었다. 마라 누나는 애써 행복한 척 아빠에게 감사 인사를 했다.

우리끼리 방에 있을 때 내가 누나에게 물었다.

"아빠가 뭐라고 했어?"

"미안하다고, 나를 무척 아낀다고 그러더라……."

"이제 괜찮아?"

누나는 선물이 그저 그렇다는 듯 어깨를 으쓱였다.

"꼬맹이들 선물이잖아, 날 아직도 어린애 취급한다니까. 곰 인형이라니, 핸드폰까진 바라지도 않았어!"

"아빠 말이 맞아. 누난 아직 어린애야. 누난 열네 살밖에 안 됐는걸." 내가 말했다. "아빠는 멋진 사람이야, 안 그래? 누나한테 선물도 주고 사과도 했잖아. 아빠가 세상에서 최고야."

"그래, 그렇고말고……." 마라 누나는 별다른 말 없이 벽을 바라보고 돌아누워 몸을 한껏 웅크렸다.

"왜 그래?"

"아무것도 아니야, 피곤해서 그래."

나도 누워서 천장을 바라보았다. 생각들이 요동쳤다. 열네 살의 나는 어떤 모습일까, 그런 생각이 들었다.

* * *

그 일이 있고 일주일 뒤, 내가 학교에 있는 동안 엄마는 화장실에서 미끄러져 손목을 다쳤다. 그리고 12월이 다가오자 감기에 걸리지 않으려고 습관처럼 목에 스카프를 두르고 다녔다.

마라 누나가 오랜만에 친구 집에 가서 피자를 먹고 와도 되는지 물었다.

이번에 엄마는 아무 말도 하지 않고 아빠의 반응을 살폈다.

아빠가 말했다.

"그래, 좋아. 다녀오렴. 대신 옷은 얌전하게 입고 니콜라도 데리고 가."

누나는 같이 놀기엔 내가 너무 어리고 아무도 친구랑 노는 데 동생들을 데려오지 않는다며 항의했다. 나는 잠자코 듣고만 있었다. 나는 누나의 감시자 역할을 해야 했으니까.

"니콜라랑 같이 가든지 아예 가지 말든지, 선택해. 그리고 10시에는 집에 돌아와야 한다!"

"10시가 말이 돼요?" 누나가 투덜거렸다.

"10시라고 했어!"

누나가 나갈 채비를 하는 동안 아빠가 나를 거실로 불렀다. 아빠는 내 어깨를 잡고 눈을 똑바로 보면서 말했다.

"잠시도 누나에게서 눈을 떼면 안 돼. 사내놈들이 껄떡이지는 않는지 살피고, 그 자식들이 누나에게 다가오면 가까이 가서 무슨 얘기를 하는지 들어 봐. 그리고 10시에는 반드시 집에 돌아와야 한다. 만약 누나가 오지 않으려고 하거나 조금만 더 있자고 우기면 엉덩이를 걷어차서라도 집으로 데려와, 알아들었지?"

나는 고개를 끄덕였다.

부다페스트, 1941년 3월 18일

지난 몇 달간 일기 쓰는 것을 잊고 살았다. 상황은 나아질 기미가 보이지 않는다. 집에 있는 것밖에 할 수 없는 상황에서 쓸 말이 있을 리가 없지. 그나마 날씨라도 풀려 다행이다.

엄마는 출근하는 것도 겁냈다. 나는 학교에 가야 한다. 학교에 유대인은 고작 아홉 명뿐이다. 선생님은 유대인인 우리를 탐탁지 않은 시선으로 쳐다보고, 질문은 고사하고 말도 걸지 않는다. 우리는 반에서 어느 누구보다 우등생인데도 성적은 언제나 최하위권이다.

아빠가 돌아가신 후, 사립 학교는 꿈도 못 꾼다. 먹고살기 바쁘다.

엊그제 엄마가 이상한 말을 했다. 희망적인 말은 전혀 아니었다. 엄마의 눈에 공포가 가득했다.

나는 감정을 이해하고 진실을 파악하려 할 때 사람들의 눈을 바라 본다. 어리다는 이유로 사람들이 진실을 숨기려 들까 봐 두렵다. 하지만 진실은 어디에든 있다. 사람들의 말과 행동에 전부 들어 있다.

아빠는 정규 교육을 받지 못한 것이 한이라고 했다. 추운 날씨에 실외에서 병을 닦는 양조장 일은 아빠와 맞지 않았다. 아빠가 좋아하 는 그리스나 라틴 고전과도 동떨어진 일이었다. 아빠는 대형 물탱크에 빠지는 사고를 겪은 뒤 폐렴에 걸렸고, 끝내 이겨 내지 못했다. 원래부 터 체력이 강한 사람은 아니었으니까······.

우리는 그 사고가 어떻게 일어난 일인지 모른다. 아무도. 물탱크 근 처에서 일하지도 않는 사람이 자신의 키를 훌쩍 넘는 대형 물탱크에 실수로 빠진다는 게, 가능한 일인가?

파티

아빠는 우리를 바네사의 집 앞에 데려다주고 마라 누나에게 뽀
뽀했다. 내 차례가 되었을 때 아빠는 내 눈을 보며 윙크했다.

계단을 오르는 동안 누나가 내게 말했다.

"성가시게 굴지 마, 알겠어?"

나는 대답하지 않았다. 초인종을 누르자 문이 열리고 바네사가
우리를 반갑게 맞아 주었다. 틀어 놓은 랩 음악 소리가 너무 커
서 고막이 얼얼할 정도였고, 소리를 질러야 겨우 대화할 수 있었
다. 피자는 핑계였고 누나의 진짜 목적은 파티였다. 아빠에게 외
출 허락을 받아 내려고 거짓말을 한 것이다. 바네사는 짙은 화장
을 하고 진주알이 박힌 땋은 머리에, 시뻘건 립스틱을 바른 입으

로 염소처럼 껌을 질겅질겅 씹고 있었다. 방 안에는 담배 냄새가 지독했고 바네사 뒤쪽에서 성숙해 보이는 여자가 담배를 피우고 있었다.

"와! 마라 왔구나! 근데 얘는 누구야? 귀여운 꼬마네!" 또 다른 여자애가 말했다.

"내 동생이야!" 누나가 친구의 귀에 대고 소리를 지르며 말했다. 여자들은 몇 년 만에 만난 사람들처럼 끌어안고 뽀뽀를 했다.

"어서 들어와!"

바네사가 말했고, 주변의 다른 여자들은 이렇게 수군댔다.

"참 특이해, 동생을 데려오다니!"

"우리 아빠가……." 누나가 당황해하며 설명했다.

당황스럽기는 나도 마찬가지였다. 처음부터 이런 자리인 줄 알았다면 초대도 받지 않고 불쑥 나타나는 짓은 하지 않았을 것이다. 그래도 나는 애써 미소를 유지했다.

마라 누나의 같은 반 친구 카를라가 내 손을 잡고 과자와 음료가 있는 테이블로 데려갔다.

"네 동생 정말 귀엽다!" 카를라는 내 볼을 잡아당기고 내 이마에 뽀뽀했다.

나는 주변을 둘러보았다. 남자는 단 한 명도 보이지 않았다. 내가 유일한 남자였다. 다행이었다.

어느 순간부터인가, 친구들과 수다 떨고 춤추던 누나와 바네사가 보이지 않아서 찾아보니 화장실에 있었다. 바네사는 누나에게 화장을 해 주고 있었다. 작은 테이블 위에는 브러시와 립스틱, 아이브로펜슬이 잔뜩 놓여 있었다. 변기 위에 앉아 있던 바네사가 내가 훔쳐보고 있는 것을 알아차렸는데, 재밌다는 듯 웃으며 손가락을 입에 갖다 대 조용히 하라는 신호를 보내기만 했다.

나는 그런 놀이에 흠뻑 빠진 누나를 보니 기분이 좋았지만, 한편으론 입술은 빨갛고 눈두덩이는 파란 누나를 보고 아빠가 뭐라고 할지 생각해 보았다. 그런 생각을 하고 있자니 팔꿈치로 배를 얻어맞은 것 같은 느낌이 들었다. 그래서 누나에게 다가가 말했다.

"집에 갈래, 몸이 안 좋아!"

누나가 짜증 난 눈빛으로 쳐다보았다.

"말도 안 돼. 너 일부러 그러는 거지? 방금 왔잖아! 가서 TV나 봐. 만화책을 읽든가. 귀찮게 하지 말고!"

"그러면 누나도 화장 지워, 별로야……. 못된 여자 같아, 매춘부 같다고!"

누나는 귀를 의심하며 나를 쳐다보았다.

"뭐라고? 뭐라 그랬어? 정신 나갔어? 그냥 노는 거잖아."

"아빠가 말했잖아, 화장하지 말라고!"

"아, 이제 알았다. 너 순진한 척 연기하고 있던 거구나? 아빠가 너를 감시견으로 붙여 둔 거였어! 그래서 내가 너를 데려가길 바랐던 거고. 나를 감시해야 하니까!" 누나가 내 셔츠를 잡아당기며 소리쳤다.

"무슨 소리야, 그럴 리가!"

그때 바네사가 재밌는 듯 킥킥댔다. 다른 아이들도 나를 보며 웃었다. "멍, 멍, 멍!" 한 명이 이렇게 놀리니까 다른 아이들도 키득키득 웃으며 개 짖는 소리를 냈다.

"집에 갈래!"

이제 누나의 친구들이 모두 화장실에 모여들어 우리를 빙 에워싸고 있었다. 너무 갑갑해서 숨도 제대로 쉬어지지 않았다. 나는 그들 틈을 헤치고 밖으로 뛰쳐나갔다.

"아빠한테 전화해서 데리러 오라고 할 거야. 누나는 마음대로 해! 누나가 자초한 일이야. 나는 처음부터 집에 있고 싶었다고, 알기나 해?"

황급히 계단을 내려가는데 뒤편에서 들려오던 음악 소리가 갑자기 멈추었다.

"기다려! 기다려 봐! 니콜라!" 누나가 소리치며 핸드폰을 꺼내 들고 있는 내게로 달려왔다.

"화장 지울 시간만이라도 줘! 애들이 장난친 거야, 마음에 담아 두지 마……. 그러지 마, 진짜…….."

"농담 한번 재밌네!" 내가 진지하게 말했다. "여기서 기다릴게. 10분 안에 안 오면 아빠에게 전화할 거야!"

"넌 정말 고집불통이야. 아빠가 널 이용해서 내 인생을 망치고 있는 걸 모르겠어?!" 화가 난 누나가 눈물을 글썽이며 계단을 뛰어 올라갔다.

"그렇지 않아, 아빠는 누나를 보호하려는 거라고! 아빠가 누나를 얼마나 사랑하는지 아직도 몰라?!" 나는 뒤통수에 대고 소리쳤다.

* * *

누나가 화장을 지우고 왔을 때 시간은 9시 반이었다.

"지금 전화하면 왜 이렇게 빨리 끝났냐고 물어볼 텐데." 내가 계단에 앉아서 말했다. "가서 친구들에게 인사하고 와, 여기서 기다릴게……. 아빠는 30분 뒤에 올 거야."

누나는 다정한 미소를 지으며 나를 쳐다보았다.

"같이 가자, 여기 있으면 추워."

"아니야, 여기서 기다릴래. 게임하고 있을게."

"생각 바뀌면 초인종 눌러!"

나는 차가운 계단에 앉아서 남자들이 없어서 다행이라고 안도

했다. 아빠가 저 무리에 섞여 있는 나를 보면 어떤 생각을 할지 궁금했다.

머릿속에 '멜람포'가 떠올랐다. 멜람포는 〈피노키오〉에 나오는 개다. 주인의 말을 거역하고 족제비와 한통속이 되어 닭장의 닭을 나눠 가진 개.

하지만 나는 개가 아니었고 마라 누나도 족제비가 아니었다. 게다가 우리에겐 주인도 없다. 그런데 왜 그게 생각난 거지?

이런 생각을 하고 있는데 아래쪽에서 누군가 초인종을 누르고 대문을 열고 들어오는 것이 보였다. 예정보다 일찍 도착한 아빠였다. 나는 황급히 계단을 뛰어 올라가 누나를 불렀다.

위쪽에서 친구들과 포옹을 하고 볼 키스를 나누는 누나가 보였다. 그런데 조금 전까지만 해도 어디에도 보이지 않았던 남자가 한 명 있었다. 그도 다른 여자들처럼 누나에게 볼 키스를 했다.

속은 기분이었다. 배신감이 들었다. 저 녀석은 대체 어디서 나타난 거지? 난 아무 말도 하지 않았다. 그저 눈감아 주는 건 이번이 마지막일 거라고, 아빠의 말이 옳았다고 생각했다. 최선을 다해 우리 집안 여자들을, 엄마와 누나를 보호해야 한다고…….

집으로 돌아가는 길에 아빠는 룸 미러로 뒷좌석에 앉은 누나를 뚫어져라 보며 누가 있었는지, 피자 맛은 어땠는지 물었다. 누나는 파티가 재밌었고 피자도 그런대로 맛있었다고 짧게 대답했다.

아빠는 사실 확인을 하려는 듯 의심의 눈초리로 옆에 앉아 있던 나를 쳐다보았다.

그 순간, 나는 권력을 쥔 것 같았다. 누나의 운명은 내 손에 달려 있었다. 누나 볼에 입을 맞춘 그 남자에 대해서며, 피자를 먹으러 간다는 핑계로 파티를 벌인 일이며, 심지어 담배를 피우는 사람도 있었다고 한마디만 하면 누나가 집에서 쫓겨나는 건 시간문제였다.

"누나 친구들은 어땠니, 니콜라?" 아빠가 내게 물었다.

"친절했어요." 내가 대답했다.

"부모님도 계셨니?"

"아니요……." 누나가 모기 같은 소리로 대답했다.

"돌보지도 않을 자식들을 뭐 하러 낳은 거야? 화장한 그 금발 친구 코에 달린 건 뭐였냐?"

아빠가 얼굴을 찌푸리며 투덜거렸다. 경멸 섞인 목소리였다. 운전석의 희미한 불빛이 여느 때와 다름없는 콧수염 아래, 뒤틀린 검은 달팽이 같은 그의 입을 밝게 비추었다.

"피어싱이요……." 누나가 기어들어 가는 목소리를 했다.

"뭐라고?" 아빠가 확 짜증을 내며 되물었다. "크게 좀 말해 줄래? 실어증이라도 걸렸어? 아빠가 묻잖아!"

"피어싱이라고요, 귀걸이 같은 거요!"

"그러니까, 매춘부들이나 하는 물건 말하는 거군. 몸 어딘가에 문신도 있겠네. 부모들은 나 몰라라 하고. 참 좋은 친구를 뒀구나! 내 딸이었으면……."

차 안에 침묵이 흘렀다. 차는 가로등의 노란 불빛을 한 몸에 받으며 적막한 도시를 달렸다. 날씨는 추웠고 누나의 두려움과 아빠의 분노가 느껴졌다. 이렇게 묻고 싶었다. "그랬으면 어떡할 건데요?" 하지만 차마 입이 떨어지지 않았다. 아빠의 대답이 두려웠다. 내가 아닌 누나에게 향할 그 대답 말이다. 나는 아빠와 같은 편이고 남자이기 때문에 두려워할 이유가 없었다. 오히려 남자로 태어난 것이 자랑스러웠고 남자가 가진 힘의 무게를 실감할 수 있었다.

'스파이더맨'의 좌우명이 떠올랐다.

"큰 힘에는 큰 책임이 따른다."

나는 거미 인간도, 슈퍼히어로도 아니지만, 막강한 힘과 막중한 책임을 지닌 **남자**다. 나는 황량한 도시를 바라보며 미소를 지었다. 그리고 약간의 연민과 걱정 섞인 마음으로, 여자로 태어나버린 누나를 안타깝게 바라보았다.

부다페스트, 1941년 4월 24일

　온 동네에 소식이 퍼졌다. 발라즈 아저씨가 주민들에게 신문을 읽어
주었다. 헝가리 총리 라슬로 바르도시(신문에서 이름을 베껴 적었다)
가 헝가리에 사는 소수 독일인들을 위해 유대인의 재산을 규제하는
법을 만들겠다고 밝힌 기사였다.

　"빌어먹을 히틀러!" 발라즈 아저씨가 격분하며 말했다. "얼마 전엔
일자리를 빼앗아 개처럼 내쫓더니 이제 재산까지! 돼지 같은 족속들이
이제 내 집에도 손을 대려 하는군. 어떻게 마련한 집인데, 절대 뺏기지
않을 거야!"

　늘 침착하던 발라즈 아저씨가 이렇게 울부짖을 동안 다른 주민들
은 집으로 돌아가거나 아무 말도 거들지 않았다. 그러나 그날 저녁,
우리 가족이 거의 떨어져 가는 감자로 끼니를 해결하고 있을 때 계단
에서 소음과 비명이 들렸다. 창문으로 바깥 상황을 조심스레 살펴보
니, 나치의 문장이 눈에 들어왔다. 흑기사들이 길에서 발라즈 아저씨

를 강제로 차에 태워 빠르게 건물을 빠져나가고 있었다.

나와 엄마는 겁을 먹고 울기 시작했다.

"가엾은 발라즈 아저씨……." 내가 말했다. "아저씨한테 무슨 짓을 하려는 걸까요?"

엄마는 나를 꼭 안아 주었다.

"누군가 신고한 모양이구나." 그리고 내 귀에 이렇게 속삭였다. "틀림없이 2층에 사는 도굴꾼들이 그랬을 거야. 아니면 트램 운전사나 우리를 염탐하고 증오하는 죄르지 부인이 한 짓이겠지. 확실해, 평소에 우리를 보는 시선이 곱지 않았어!"

엄마는 떨고 있었다.

"우리도 조심해야 돼. 앞으로 더 조심하렴, 우리 딸. 신을 믿고 올바르게 살아가면 분명 우리를 도와주실 거야."

약속

"니콜라, 오후에 같이 외출하지 않을래?"

아빠가 거실의 긴 의자 위에서 온몸이 땀범벅이 되어 윗몸 일으키기를 하면서 내게 물었다.

밖은 추웠다. 나는 아빠의 조각 같은 근육이 수축, 이완되는 모습을 넋 놓고 바라보았다.

"어디 가는데요?" 내가 물었다.

"아빠만 믿어, 재밌을 거야." 그러더니 아빠가 자신 있게 배를 내밀었다. "여기 만져 보렴!"

나는 손을 뻗어 아빠 배를 꾹 눌러 보았다. 땀이 흥건한 피부에 손끝이 닿자 축축한 느낌이 들었다. 나는 손을 떼서 몰래 손을 바지에 쓱 닦았다. 복근은 쇳덩이처럼 단단했다.

"자, 이리 와서 너도 해 봐라!"

"다음에 할게요……." 내가 말했다. "이따 나가려면 숙제를 끝내야 해서요."

아빠는 내 말에 동의했다. 약간 실망한 듯했지만 내 의사를 존중해 주었다.

엄마가 설거지를 하는 동안, 나는 식탁에 앉아 숙제를 했다. 나는 엄마 옆에 붙어 있기를 좋아한다. 아빠가 집에 있으면 엄마의 말수가 줄어들었지만 그래도 좋았다. 엄마는 노래를 흥얼거리거나 나를 보며 방긋 웃어 주었다. 이따금 내 옆으로 와서 머리를 쓰다듬어 주기도 했다. 가끔 내 수학 숙제를 도와줄 때도 있었다. 엄마는 어릴 적에 공부를 아주 잘했고 무역 협회에서 일한 경력도 있다고 했다.

오후에 차를 타고 아빠가 말한 '깜짝 놀랄 만한 장소'로 향했다.

차 안에서 아빠가 말했다.

"어제 누나 지키기 임무를 멋지게 완수했더구나. 네가 아빠에게 힘이 돼 줘서 얼마나 기쁜지 몰라."

칭찬받을 만큼 완벽히 일을 해낸 건 아니었기에 나도 모르게 시선이 자꾸 아래로 향했다. 그래도 행복했다.

차는 순환 도로를 지나 공업 단지와 미개간지, 쓸쓸한 회색빛 건물들이 맞이하는 교외로 향했다. 우리는 인적이 드문 쇼핑센터 뒤쪽을 지났는데, 군데군데 먹구름 낀 하늘 때문인지 그곳이 더 황량하게 느껴졌다. 아빠가 납빛이 드리운 안경 너머로 어두운 표정을 지으며 하늘을 올려다보았다.

"눈이 올 것 같네. 어제보다 더 추워졌어. 오늘 밤 폭설이 오더라도 아빠는 내일 아침 밀라노로 출장을 가야 해."

내가 하늘을 보는 사이 아빠는 방향을 틀어 낮은 조립식 콘크리트 건물 근처에 있는 주차장으로 들어갔다. 뉴스에서는 조만간 러시아발 한파가 이탈리아 전역을 휩쓸 것이고, 이 유례없는 한파로 기온이 뚝 떨어질 것이라고 했다. 아빠는 회사의 수도 계량기가 동파되지 않도록 미리 천으로 잘 감싸 놓았고, 밤에도 난방기를 약하게 틀어 놓으라고 직원들에게 당부해 두었다고 뿌듯해하며 말했다. 집에도 똑같이 조치해 두었을 것이다.

"다 왔다. 이제 내리자."

차에서 내리자마자 몸집이 크고 누런 털의 개 한 마리가 우리 주위를 빙글빙글 돌며 꼬리를 흔들어 댔다. 아빠는 눈길 한번 주지 않고, 개가 가까이 다가오지 못하게 그쪽을 향해 냅다 발길질을 했다. 그러고는 차 트렁크에서 처음 보는 알루미늄 상자를 꺼냈다. 개는 풀이 죽어 멀찍이 떨어졌다.

우리는 건물 안으로 들어갔다. 밖에서부터 이미 총성이 들렸다. 비에 젖은 빛바랜 대형 간판도 보였다.

내부로 들어가니, 유리창 너머에는 화장을 진하게 한 금발의 뚱뚱한 여자가 지루한 표정으로 담배를 피우고 있었다. 소총과 저격수가 그려진 포스터가 덕지덕지 붙어 있는 벽과 철제 사물함, 먼지 쌓인 트로피가 놓인 선반에서 불에 그슬린 양털 냄새 같은 이상한 악취가 났다.

"좀 웃어!" 아빠가 팔꿈치로 쿡 찔렀다. "장례식에 온 게 아니잖아. 아빠가 재밌게 해 주겠다고 약속했잖니. 아빠 못 믿어?"

나는 어색한 미소를 지었다.

아빠는 그 뚱뚱한 여자와 대화를 나누더니, 나를 우리 이름이 적힌 사물함 앞에 데리고 갔다. 우리는 그 안에 재킷을 보관하고 안으로 들어갔다.

정말로 영화 속 한 장면 같았다. 너무 멋졌다. 나는 손으로 두 귀를 막고, 차음 헤드폰을 낀 아저씨들 뒤를 지나갔다. 그들은 각자의 부스에서 표적을 향해 맹렬히 총을 쏴 대고 있었다.

얼마 가지 않아 우리가 사용할 부스에 도착했다. 팔뚝에 문신이 있는 덩치 큰 대머리 아저씨가 우리를 기다리고 있었다. 심문하는 듯한 눈빛으로 나를 바라보더니 검지로 안 된다는 표시를 했다. 아빠는 미리 준비해 온 구겨진 50유로짜리 지폐를 꺼내서 남자의 셔츠 주머니에 쓱 밀어 넣었다. 그러고는 주변에 다 들리도록 큰 소리로 말했다.

"제 아들이에요, 고집불통이죠! 한두 발 정도면 됩니다. 별일 없을 거요. 내가 책임지죠!"

아저씨가 미심쩍은 얼굴로 나를 보며 말했다.

"허튼짓했다간…… 두고 보겠어. 단속이 뜨면, 당신이 아들을 몰래 데리고 들어온 거고 우린 아무것도 몰랐던 거요!"

미러 선글라스를 쓴 콧수염 난 아빠의 얼굴이 "알았다고!"라고 말하는 듯이 굳어졌다.

아빠는 뒤돌아서 앞에 있는 선반에 가방을 내려놓고 경건한 몸짓으로 가방을 열었다. 그 안에는 무척 웅장해 보이는 은색 총이 있었다.

"어때? 그렇게 입 꾹 다물고 있을 거야? 맘에 드니?" 아빠가 흐뭇한 미소를 지었다.

나는 신이 나서 휘파람을 불었다.

"스미스 앤드 웨슨 44구경 매그넘이야!" 아빠가 말했다. "클래식 리볼버 권총이지! 영화 〈더티 해리〉에서 '캘러한 경위'가 사용한 바로 그 총이야. 꽉 잡아야 해. 과녁 중앙을 쏘면 이만한 구멍이 뚫린단다!"

아빠가 설명하면서 내게 검지와 엄지로 메달 크기만 한 동그라미를 만들어 보였다.

나는 침을 꿀꺽 삼켰다. 굉장했다. 가슴이 두근거렸다.

"이 총의 이름은 '루시'라고 지었어."

아빠는 실린더에 한 발씩 총알을 장전하고 콧노래를 흥얼거렸다. 실린더를 닫을 때 찰각 소리가 났다.

"Lucy in the sky with diamonds! Na, na, na······."[7]

아빠는 권총을 앞에 내려놓고 헤드폰을 꼈다. 그러고는 표적을 향해 총을 겨누고 연달아 발사하기 시작했다. 나는 다시 한번 손으로 귀를 틀어막고 고개를 숙였다. 엄청난 소음에 이어서 공기 중에 탄약 냄새가 퍼졌다. 목이 따끔거렸다.

나는 사격이 모두 끝나고 나서야 고개를 들었다. 정말 대단한 솜씨였다. 나는 아빠를 자랑스럽게 쳐다보았다. 아빠의 관자놀이에는 땀방울이 맺혀 있었다. 아빠도 만족스러운 미소를 지었고, 흥분이 아직 가시지 않았는지 가슴이 위아래로 들썩거렸다. 버튼을 누르자 줄에 매달린 표적이 우리 쪽으로 넘어왔다. 사람 모양의 표적이었다. 아빠는 머리와 어깨, 가슴을 맞추었고 빗나간 것은 단 두 발이었다.

"아빠 솜씨 어때? 괜찮았니?" 아빠가 내게 물었다.

나는 휘둥그레진 눈으로 고개를 끄덕였다.

---

7) 비틀즈의 노래 〈Lucy in the Sky with Diamonds〉 가사 _편집자 주

"아빠의 취미란다. 기분 전환 삼아 즐기는 거지. 이제 네 차례야. 어서 한번 해 봐!"

"저요?" 내가 얼떨떨하게 대답했다.

"아니면 내가 널 여기 왜 데려왔겠니. 넌 내 아들이고, 난 네게 살아남는 법을 가르쳐 줄 의무가 있지!" 아빠가 농담 섞인 말을 하면서 웃었다.

어느새 나는 헤드폰과 내겐 헐거운 투명 안경을 쓰고, 대포같이 큰 총을 들고 서 있었다. 얼마나 긴장이 됐던지. 아빠는 사람 모양 표적을 새것으로 교체하고 버튼을 눌렀다. 그러자 표적이 줄에 매달려 원래 있던 자리로 돌아갔다.

아빠가 뒤에서 나를 감싸 안고 내가 총을 안정적으로 잡을 수 있도록 도와주었다. 아빠의 숨 냄새와 애프터셰이브 향이 느껴졌다.

"팔을 쭉 뻗고 숨을 들이마셔. 꽉 잡아라, 반동 때문에 손을 다칠 수도 있어. 당연한 소리지만 절대로 이쪽이나 너 자신을 향해 겨냥해서는 안 된다. 총구는 항상 표적을 향해야 돼. 자, 이제 심호흡하고 방아쇠를 당겨!"

긴장감에 몸이 떨렸다. 경찰들이 사격장에 모여 훈련하는 영화 장면 속 주인공이 된 듯했다. 나는 숨을 고른 후 눈을 감고 방아쇠를 당겼다.

달칵.

방아쇠는 꼼짝도 하지 않았고 아무 일도 일어나지 않았다.

"첫째." 아빠가 재밌다는 듯 말했다. "쏘기 전에 안전장치를 풀 것. 총을 사용하지 않을 때는 반드시 이 안전장치를 걸어 두고 총 알은 물론 탄창도 빼 두어야 한다, 알겠니?"

아빠는 안전장치를 풀고 내게 눈을 감지 말라고 했다. 탕! 한 발을 쏘았다. 총을 움직이지 않으면서 힘껏 방아쇠를 당기기는 쉽 지 않았다.

아빠의 도움으로 한 발을 성공한 뒤, 나는 더욱더 흥분에 휩싸 여 눈을 크게 뜨고 연발 사격을 했다.

"그만! 멈춰!" 아빠가 말했다. "이제 아빠는 빠질 테니 혼자 해 보렴. 총을 단단히 잡고 반동을 이겨 내야 해!"

아빠 없이 방아쇠를 당기자 몸이 뒤로 밀리는 것이 느껴졌다. 총알은 높이 날아갔고 온몸이 땀에 흠뻑 젖었다. 다시 한 발을 쏬 을 땐 훨씬 더 안정적인 자세로 표적을 맞힐 수 있었다. 사격이 모 두 끝나고 아빠가 표적을 소환했다. 사람 모양 표적의 어깨에 구 멍이 하나 뚫려 있었다.

"와! 제법인걸!"

우리는 주변을 가득 메운 총성 속에서 서로를 부둥켜안고 기뻐 했다.

정말 끝내주는 하루였다. 눈길을 헤치며 집으로 돌아가는 동안 아빠와 내 사이가 전보다 훨씬 더 가까워진 걸 느꼈다. 우리는 완벽한 한 팀이 되어 가고 있었다.

"엄마와 누나에게는 사격장에 갔었다고 말하면 안 돼, 알겠지? 권총에 대해서도 절대 이야기하지 말고. 이건 남자들의 일이고, 우리 둘만의 비밀이야. 그 둘이 알면 걱정만 할 거야."

나는 고개를 끄덕였다. 둘만의 비밀이 생기다니 무척 기뻤다.

"어서, 약속해!" 아빠가 운전대에서 한 손을 떼서 내 어깨에 얹으며 말했다.

"약속해요!"

기분이 날아갈 듯이 좋았다. 어른이 된 것 같았고 진정한 남자가 된 기분이었다. 나는 남자로 태어나서 행복했다. 여자가 아니라서 얻는 장점이 무척 많았다. 누나에게는 미안하지만, 바보 같은 인형과 립스틱, 유치한 것들로 시간 낭비하지 않고 남자다운 일들을 해내는 나와 아빠 그리고 이 세상의 남자들을 생각하니 행복했다.

부다페스트, 1941년 8월 10일

　좋은 일만 적기로 했던 내 비밀 일기에 끔찍한 일들만 빼곡해졌다. 음식을 얻는 일이 갈수록 힘들어지고 물가는 치솟고 있다.

　오늘은 계단에서 놀다가, 1층에서 얼굴을 가리고 울고 있는 데네스를 보았다. 절망에 빠진 모습이었다. 약혼자인 게어고와 결혼을 할 수 없게 되어서 그렇다고 했다. 유대인과 비유대인 간의 결혼을 금지하는 법이 생겼기 때문이었다. 유대인 데네스와 비유대인 게어고. 이제 둘은 결혼을 하면, 아니 계속 만나기만 해도 범죄자가 되는 것이다. 며칠 전, 게어고는 데네스에게 이런 상황을 설명한 뒤 자취를 감추었다. 영웅적인 사랑의 도피도, 반대를 무릅쓴 사랑도 없었다. 게어고는 두려웠고 그래서 데네스를 떠났다.

　"우리 엄마 말이 맞아." 데네스가 말했다. "이렇게 비유대인들 속에서 살아가는 법을 배우는 거야. 너는 좋은 유대인 남자를 만나. 인생을 망치고 싶지 않다면 말이야."

　나는 위로해 주고 싶었지만, 엄마가 일터에 데려다 달라며 나를 불렀다.

가장

밖에는 눈이 내리고 있었지만 아빠는 아랑곳하지 않고 밀라노로 출발했다. 엄마는 이탈리아 북부에서 서서히 세력을 확장하고 있는 시베리아 한파에 관한 뉴스 보도 내용을 다시 한번 상기시키며 아빠를 만류했다. 뉴스는 장거리 이동을 자제할 것을 권고했고 민방위가 비상 업무 체제에 돌입했다는 소식을 전했다.

아빠는 엄마를 물끄러미 보고 나서, 나와 마라 누나를 흐뭇하게 쳐다보면서 말했다.

"엄마가 아빠를 얼마나 사랑하는지 알겠지? 엄마는 아빠가 걱정되나 봐. 같이 산 지가 얼만데 아직도 날 잘 모르는 것 같구나. 시베리아 한파 따위에 물러설 내가 아니지. 지금 바로 출발하면

알프스에 눈이 쌓이기 전에 밀라노에 도착할 거야!"

아빠는 웃으며 엄마를 끌어당겨 목에 키스했고, 엄마는 우리가 보는 앞에선 언제나 그랬던 것처럼 얼굴을 돌려 피했다.

아빠는 일단 결정을 내리면 절대 번복하는 일이 없었다. 그리고 그 회의는 아빠가 빠져서는 안 되는 중요한 자리였다. 결국 아빠는 밀라노로 떠났다.

엄마는 생각에 잠긴 채 거리가 보이는 창문에 머리를 기댔다. 나는 엄마가 집을 나서는 아빠의 차를 지켜보는 거라 생각했다. 하지만 그게 아니었다. 엄마의 눈은 다른 곳을 향해 있었다. 나도 엄마 옆으로 가서 거리를 내려다보았다. 조금 뒤 마라 누나도 부엌으로 들어왔고, 궁금했는지 우리 뒤로 다가왔다.

"무슨 일 있어요?" 누나가 물었다.

우리는 대답하지 않았다. 거리에는 민방위의 지프차와 국제 카리타스[8]의 승합차가 세워져 있었다. 위에서 내려다본 차량 내부에는 쓸쓸한 표정으로 창가에 머리를 기댄 나이 지긋한 한 남자와 다른 사람들의 실루엣이 희미하게 보였다.

그 주변에서 뭔가 부산한 움직임이 느껴졌는데, 위에서는 아치형 지붕에 가려 일부만 보였다. 유니폼 위에 형광 주황색 조끼를

---

8) 전 세계 200여 개 국가에서 활동하는 가톨릭 구호, 개발 및 사회봉사 단체들의 연합. 총 162개 단체가 가입되어 있다. _편집자 주

착용한 국제 카리타스 직원들이 손짓을 하며 앞으로 나아가면 건물에 가려 보이지 않았고, 그들이 밀물처럼 뒤쪽으로 걸어 나오면 다시 우리 시야에 들어왔다.

누군가 소리치는 것이 들렸지만 그 여자를 보기 전까지는 무슨 일이 일어나고 있는 건지 도통 감을 잡을 수 없었다.

긴 은발을 엉성하게 말아 올린, 나이를 가늠하기 어려운 한 여자가 앞에 모인 사람들을 쫓아내려고 팔을 크게 휘두르며 육중하게 앞으로 걸어 나오는 것이 보였다. 어찌나 고래고래 소리를 지르던지 우리 집까지 들릴 정도였다. 엄마가 창문을 열어 놓아서 더욱 잘 들렸다.

"저리 가! 저리 가라고! 날 내버려 둬! 내 물건 건드리지 마! 난 안 가!"

나는 설명을 기대하며 엄마를 쳐다보았다.

"노숙자야." 엄마가 설명했다. "며칠 전부터 유심히 봤는데, 쇼핑 카트에 자기 물건을 싣고 저기서 생활하고 있었어. 저 자리를 정리하고 사람들을 따라가는 게 내키지 않는 모양이야."

"저 사람들은 할머니를 어디로 데려가려는 건데요?" 누나가 물었다.

"따뜻하고 안전한 곳으로. 오늘 밤 기온이 영하로 떨어질 거야. 저분들은 노숙자들을 챙기러 온 사람들이지. 한파가 몰아치면 매년 갈 곳 없는 사람들이 자다가 얼어 죽거든." 엄마가 안타까워하며 설명했다. "생각해 보렴. 의지할 사람도 없고, 갈 곳도 없고, 지나가는 사람들은 거들떠보지도 않으니 얼마나 쓸쓸하겠어."

나는 한 번도 그런 관점에서 생각해 보지 않았다.

"저 사람은 존엄성을 잃었구나⋯⋯." 나도 모르게 이런 말이 튀어나왔다.

"그게 무슨 말이니? 왜 그렇게 생각해?"

엄마가 놀라서 물었고 우리는 서로의 눈을 쳐다보았다. 내가 먼저 눈을 피했다.

"냄새나고 씻지도 않고 어디 갈 데도 없잖아요⋯⋯."

"존엄성은 따뜻한 집이 있고 하루에 세 번을 씻는 사람이라도 잃을 수 있는 거야."

엄마의 눈동자 위로 눈물의 베일이 한 겹 내려앉았다.

그러는 사이, 민방위와 국제 카리타스의 차는 노숙자 할머니에게 군용 담요를 두세 개 던져 주고 황급히 떠났다.

"할머니 마음대로 하세요, 정신 나간 늙은이 같으니. 사는 게 지겨우면 여기서 얼어 죽든가!" 민방위 대원이 차에 시동을 걸고 출발하면서 모진 말을 내뱉었다.

"죽을지도 몰라⋯⋯."

그날, 엄마는 멍하니 저녁 준비를 하며 뭐라 설명할 수 없는 낯선 눈빛으로 중얼거렸다.

"바로 우리 집 앞에서. 이렇게 집도 사람도 차고 넘치는 이 도
시에서 얼어 죽고 말 거야⋯⋯."

* * *

나는 엄마가 말한 존엄성과 내가 별 의미 없이 한 말에 엄마가
보인 반응에 관해 곰곰이 생각해 보았다.

아빠는 떠나기 전에 나와 마라 누나를 안아 주며 이렇게 말했다.

"신중히 행동하렴. 아빠가 허락하지 않을 일은 애당초 시작도
하지 말고." 그러고는 나를 돌아보며 말했다. "니콜라, 아빠가 없
을 때는 네가 이 집의 가장이야. 우리 집 여자들을 잘 보살펴 주
렴. 그리고 여자들은 니콜라의 말을 잘 따르도록!"

엄마는 아무 말 하지 않았지만, 표정이 미묘하게 달라진 건 느
낄 수 있었다. 반면에 누나는 농담이라도 들은 것처럼 웃었고, 장
난스러운 동시에 빈정대는 표정으로 나를 바라보며 "어련하시겠
어!"라고 말하는 듯이 공중에 손을 휘둘렀다.

저녁을 먹으면서 누나는 식사가 끝나면 베로니카의 집에 숙
제를 하러 가겠다고 말했다. 베로니카의 집은 우리 집에서 불과
200미터 거리에 있다. 그 순간, 내가 고개를 들고 마치 소금을 건

네 달라는 말처럼 무심하게 툭 던졌다.

"안 돼."

"뭐?"

"아빠 허락 받았어? 아니잖아, 그러니까 안 돼! 게다가 밖에 눈이 오잖아, 날씨도 춥고……. 오늘 저녁은 안 돼."

정말로 밖에는 〈눈의 여왕〉 속 세상처럼 눈이 펑펑 쏟아지고 있었다.

"바로 옆이잖아. 엄마! 얘 하는 말 들었어요? 그래도 갈 거거든! 엄마가 뭐라고 좀 해 줘요!"

"오늘 저녁은 정말 춥단다……."

엄마가 말하는 도중에 내가 끼어들었다.

"좋아, 그럼 가. 내가 아빠에게 전화할게. 아니면 누나가 직접 전화해서 허락을 맡든가."

"엄마, 이 머리에 피도 안 마른 게 말하는 것 좀 봐요! 나도 열네 살이에요. 친구 집에 숙제 정도는 하러 갈 수 있잖아요!"

"외출을 허락하지 않는 건 네가 어려서가 아니야! 니콜라, 너도 누나한테 그게 무슨 말버릇이니!"

처음에 엄마는 나를 놀란 듯 쳐다보았지만, 이내 진정하고서 우리 둘 모두에게 그만하라고 소리쳤다. 엄마가 그렇게 언성을 높여서 단호하게 말한 건 처음이었다. 엄마 같지가 않았다. 마치 딴 사람 같았다.

"머리에 피도 안 마른 것처럼 구는 건 누나거든!" 내가 마지막으로 누나에게 쏘아붙였다.

마라 누나는 자신이 수감자나 노예라도 된 것처럼 느껴졌는지 갑자기 소리를 지르며 일어섰다. 나도 거기에 맞서 벌떡 일어섰고, 우리는 서로를 노려보았다.

"둘 다 어서 방으로 가! 더 이상 아무 말도 듣고 싶지 않구나." 엄마가 그릇을 치우며 다시 한번 단호하게 말했다.

우리는 조심스럽게 반항해 보았지만, 어딘지 모르게 달라진 엄마의 태도에 세게 밀어붙이지 못했다.

우리는 방으로 갔다. 엄마의 그런 모습은 처음이었다. 그렇지만 고분고분한 것보다 차라리 이게 낫다고 생각했다. 엄마도 지쳤을 테니까.

누나는 내게 화가 단단히 난 모양이었다. 베로니카 집에 가지 못한 게 나 때문이라고 생각해서다. 그렇다고 해도 울고 있는 누나가 안쓰러운 생각은 들지 않았다. 오히려 자꾸 고집을 부려서 짜증이 났다.

"숙제는 무슨 숙제?" 내가 누나에게 비아냥댔다. "어차피 내일은 전부 휴교할 텐데. 눈보라 치는 거 안 보여?"

창밖에는 여전히 눈보라가 이어지고 있었다. 마치 우리가 스노

글로브 속에 있는 듯했다.

잠시 후 전화벨이 울렸고 엄마의 목소리가 들렸다. 내용을 들어 보니 아빠가 본격적으로 폭설이 시작되기 전에 목적지에 잘 도착했다는 얘기였다. 영화 속 주인공처럼 웃으며 능청스럽게 말하는 아빠의 모습이 상상됐다.

이제 눈보라는 조금 잦아들었지만, 나중에 엄마에게 들은 얘기로는 아빠와 만나기로 되어 있던 사람 중 한 명이 약속 장소에 나오지 않았다고 한다.

"그 줏대 없는 인간이 겨우 이 정도 눈보라에 겁먹다니!"

아빠는 화를 내며 말했다. 그리고 고객을 만나 회의가 마무리되고 기상 상황이 나아진다면 바로 집으로 돌아올 거라고, 그러니 걱정할 필요 없다는 말을 덧붙였다.

마라 누나가 벽 쪽으로 돌아누웠다. 아직도 흐느끼는 소리가 들렸다. 하지만 내가 해 줄 수 있는 게 없었다. 난 정말 누나를 위해서 그런 거다. 이런 날씨에, 더욱이 밤중에 누나 혼자 외출하게 내버려 둘 수는 없었다. 아빠와 약속했다. 누나의 머리채를 잡든 엉덩이를 걷어차든 무슨 수를 써서라도 막아야 했다. 나는 이 집의 가장이니까.

부다페스트, 1942년 3월 29일

　엄마는 내게 어느 누구와도 말을 섞지 말고, 우리 가족에 관해서건 종교에 관해서건 아무 이야기도 하지 말라고 신신당부했다. 엄마는 빵을 사러 나가는 것조차 두려워했다. 엄마가 일하는 양장점 주인은 엄마를 그곳에서 계속 일하게 해도 될지 고민이라고 말했다. 제복을 맡기러 그곳을 드나드는 흑기사들 때문에 너무 위험한 상황이었다.

　엄마가 눈물을 보였다. 엄마는 항상 두려웠다. 모든 것이 두려웠다.

　나는 엄마를 꼭 껴안으며, 언제나 그랬듯이 괜찮아질 거라고 말해주었다.

불청객

집 안은 따뜻했지만 나는 오한을 느끼며 잠에서 깼다. 쇠가 부딪쳐 땡그랑거리는 소리와 열쇠 구멍 안에서 열쇠 돌아가는 소리가 내 꿈속까지 엄습해 왔다.

명확히 기억나진 않지만 불길한 꿈이었다. 마라 누나가 팔과 등이 드러나는 우아한 드레스를 입고 당당하게 무대로 걸어가고 있었다. 하이힐을 신고 모델처럼 화장을 한 채였다. 머리도 예쁘게 올려 묶고 눈가에는 글리터까지 뿌렸다. 봄의 향기와 복숭아, 엘더플라워 향을 풍기며 자신 있게 시선을 즐기는 여신 같았다. 피부는 아라비아 사막의 모래 언덕처럼 완벽한 매끄러움을 자랑했다. 객석에 앉아 있는 사람들이 박수갈채를 보내고 환호했는데,

그중에는 쌍둥이처럼 똑같이 생긴 사람들도 있었다. 순간 그게 누군지 생각났다. 객석에 앉은 이들 모두 한 사람의 얼굴을 하고 있었다. 그날 파티에서 누나의 볼에 입을 맞추며 인사했던 그 남자였다! 그 앞에는 성질이 사나운 검은 강아지 하나가 아무도 누나에게 접근하지 못하도록 으르렁거리고 있었다. 그때 거대한 여자 손이 내려오더니, 강아지 목덜미에 목줄을 묶어 버렸다. 이제야 기억난다. 그 손이 자물쇠에 꽂힌 열쇠를 두 번 돌렸다. 그리고 그때 나는 '볼뽀뽀남' 얼굴을 한 사람들로 가득 찬 객석을 향해 힘찬 발걸음을 내디디며 행복하게 웃는 누나를 보던 중, 한기를 느끼고 벌벌 떨면서 잠에서 깼다.

잠에서 깬 나는 밖에서 나는 소리에 귀를 기울였다.

꿈속 소리인 줄 알았건만 문 잠금장치가 철컥 열리는 소리는 방 밖에서 들려왔다. 조용히 말하는 목소리와 함께. 방문을 살짝 열자, 참기 힘들 정도로 역하고 시큼한 냄새가 코로 쑥 들어왔다. 고개를 내밀어 보니 눈앞에 놀라운 장면이 펼쳐져 있었다.

보고도 믿기지 않았다. 바람막이 재킷에 달린 모자를 뒤집어쓴 엄마의 옆에 입술은 시퍼렇고 얼굴은 하얗게 질린 누군가가 눈을 감고 벽에 기대어 있었다. 그 사람은 탈수 중인 세탁기처럼 덜덜 떨고 있었다.

나는 그 사람이 누군지 바로 알아보았다. 거리에서 소리를 지르던 바로 그 노숙자였다. 그 지저분하고 냄새나는 사람이 우리 집 거실 벽에 기대어 악취를 풍기고 있었다. 그때 내 눈에 그 사람은 추위에 죽어 가는 노파가 아닌, 깨끗한 우리 집 거실에 침입한 시궁창 쥐 같았다.

'아빠가 알면 큰일 날 텐데!' 가장 먼저 든 생각이었다.

아빠에게 알려야 했다. 아빠는 분명 내가 이런 소식을 전해 주기를 기다리고 있을 테고, 나도 그럴 의무가 있었다.

캄캄한 현관으로 나갔다. 엄마가 나를 보더니 동요하는 기색도 없이 누나를 깨우라고 말했다. 나는 아무런 대꾸 없이 방으로 가 누나를 깨웠다. 누나는 거실로 내려와 여자를 보고는 깜짝 놀라 눈이 휘둥그레졌다. 그리고 밀려오는 악취에 얼굴을 찡그렸다.

"어서 욕조에 따뜻한 물을 받고 욕실에 난로를 켜 주렴!" 엄마는 아무런 설명도 없이 다짜고짜 이렇게 말했다.

우리는 최대한 서둘러서 엄마가 시키는 대로 했다. 그러는 사이 잠이 확 달아나 버렸다.

엄마는 여자를 부축해 욕실로 데려갔고, 문을 닫은 다음 그녀의 옷을 벗겨 우리 집 세탁기에 모두 넣었다. 그러고는 아빠의 월풀 욕조에 그녀를 들여보냈다. 나는 다시는 그 욕조에서 목욕을 하지 않겠다고 속으로 맹세했다. 염산으로 소독을 한대도 절대로 안 할 것이다.

엄마가 정신이 나간 게 분명했다. 내가 알던 엄마가 아니었다. 아빠가 이 사실을 알면…….

누나가 내 생각을 읽었는지, 나를 거실로 데리고 가서는 걱정 섞인 목소리로 말했다.

"부탁인데, 니콜라, 나도 엄마가 무슨 생각인지 모르겠어. 하지만 아빠에게 말하면 안 돼. 무슨 일이 있어도 아빠가 알아선 안 된다고. 말 안 하겠다고 약속해!"

"뭐라고?" 내가 되물었다.

그러자 누나가 두 손으로 내 팔을 잡아당겨 꽉 부여잡고는 내 눈을 똑바로 보며 말했다.

"니콜라, 아무 말도 하지 마……. 알겠어?"

그러고는 그 끔찍한, 참기 어려운 말을 내뱉었다. 한 대 얻어맞은 것 같았다.

"아빠가 이 사실을 알면, 이번에는 정말 엄마를 죽도록 때릴 거야. 알겠냐고?"

나는 천천히 그 말의 의미를 되새겨 보았다. 이번에는…… **죽도록 때린다고?**

"아니야! 그렇지 않아, 거짓말!" 내가 소리쳤다. "그만해! 아빠가 그런 나쁜 짓을 할 리가 없어, 소리는 좀 질러도……."

불현듯 내 머릿속에서 거대한 퍼즐 조각들이 제자리를 찾아갔다. 그동안 일어난 크고 작은 사건과 사고, 차마 꺼내지 못한 말, 보이지 않는 협박. 다 맞춰진 퍼즐 속 그림은 끔찍했고 감당하기 힘들었다.

그래서 나는 주먹을 날려 퍼즐을 다시 산산조각 냈다.

"절대 말하지 마!"

누나가 또다시 그렇게 말했을 때, 나는 화를 이기지 못하고 있는 힘껏 누나의 뺨을 때렸다. 아빠에 대해 그렇게 말한 것을 취소하라는 의미였다.

잠시 멍해졌다가 금세 정신을 차린 누나가 내게 반격을 퍼부었다. 마구 날아드는 누나의 손을 피해, 나는 머리를 감싸 몸을 앞으로 숙였다. 나는 마구잡이로 두 번의 발길질을 했지만 아깝게 둘 다 누나를 비껴갔다. 그러나 세 번째 발차기를 날려 누나의 오른쪽 다리를 가격했다. 누나가 내 머리채를 잡았고 나는 누나를 잡고 할퀴기 시작했다. 한 팔로는 누나의 팔을 꽉 잡고 나머지 한 팔로 누나 잠옷의 옷깃을 있는 힘껏 잡아당겼다. 누나가 내 손목을 잡고 방어하며 반격을 시도했다. 우리는 그렇게 뒤엉켜서 독기 가득한 뻘건 눈으로 서로를 노려보았다.

바로 그때, 욕실 문이 열리며 엄마가 고개를 내밀었다. 문이 딸깍 열리는 소리를 듣자마자 우리는 서로를 부여잡고 있던 손을 풀었다. 엄마가 주전자에 차 우릴 물을 끓여 놓으라고 소리쳤다. 누나가 한 움큼 잡아 뜯은 내 머리카락을 얼른 바닥에 떨구고 옷매무새를 정리하며 숨을 골랐다. 다행히도 엄마는 눈치채지 못한 것 같았다.

누나의 왼팔에는 긁힌 자국이 무성했고 내 뺨은 화끈거렸다.

"멍청이!" 욕실 문이 다시 닫히자 누나가 나지막이 내뱉었다. "넌 아무것도 몰라! 애송이 주제에!"

"누나는 거짓말쟁이에다……." 나도 누나에게 못된 말을 했다. 그럴 생각이 아니었는데도 내 속에서 악의와 분노가 들끓었다.

나는 주전자로 물을 끓이는 누나를 쏘아보았다. 누나가 아빠에 대해 한 말 때문에 더러워진 기분이 진정되질 않았다.

"아빠가 이 사실을 알면, 뭐? 그다음에 한 말 다시 해 봐……." 내가 위협적으로 말했다.

"그래서 네가 아직 애라는 거야!" 누나가 화난 목소리로 받아쳤다. "여태 아무것도 눈치채지 못했잖아!"

우리는 꿀 항아리에 빠진 파리 두 마리처럼 좀처럼 움직이지 않았다. 주변의 공기가 꿀로 변하기라도 한 듯이.

* * *

끝이 보이지 않던 시간이 지나고, 엄마가 욕실에서 나왔다. 아빠의 목욕 가운을 걸친 여자가 엄마와 함께 나왔다. 머리에 터번 모양으로 수건을 두른 그녀는 엄마의 도움을 받아 소파로 가서 몸을 뉘었다. 그녀의 눈은 초점이 없고 불안정했다.

나는 방금까지 누나와 있었던 일들이 모두 그 여자 때문이라는 듯이 증오에 찬 눈빛으로 그녀를 노려보았다.

여자는 내 마음을 아는지 모르는지, 환상이나 신기루라도 본 것처럼 우리를 향해 웅얼거렸다.

"아아…… 천사 같은 아이들……." 그녀가 미소 지었다.

"쿠키든 뭐든 요깃거리를 좀 찾아 보렴."

엄마는 그렇게 말하고서 그녀에게 따뜻한 차를 건넸다. 여자가 손을 떠는 통에 마시는 것을 도와줘야 했다. 찻잔을 노인의 입에 가져다 대 주는 엄마의 손도 떨리기는 마찬가지였다. 나중에 들은 얘기로는, 그때 이 여자는 자신이 죽어서 천국에 온 줄 알았다고 한다.

"고마워요……."

노인이 차를 몇 모금 마시고 쿠키를 조금 베어 먹은 뒤 이렇게 말했다. 그리고 자신이 지금 있는 곳이 어딘지 주위를 둘러보았다.

"부인이 나를 살렸군요. 이탈리아인이 나를 또 살렸어……."

굵은 눈물이 그녀의 뺨을 타고 흘러내리기 시작했다.

뭐라 설명할 수는 없지만, 그 눈물은 마치 내 배 속으로 흘러 들어와 소금물이 바위를 부식시키듯 내 위를 갉아 먹는 것 같았다. 내 안에서 상반되는 감정과 기분이 뒤섞여 어찌할 바를 몰랐다. 반감과 연민, 위험하고 낯선 사람에 대한 분노와 동정심이 일었다.

그녀는 쿠키를 조금 더 집어 먹고는 불안한 듯 주변을 살폈다. 그제야 뭔가 생각났는지 이렇게 말했다.

"내 물건! 가야 해."

노파가 몸을 일으키려 했지만, 쉽지 않았다.

"전부 다 그대로 잘 있어요." 엄마가 아이를 달래듯이 부드러운 목소리로 그녀를 안심시켰다. "우선은 잠을 좀 주무셔야 해요. 일단 눈을 좀 붙이세요."

엄마는 소파에 그녀를 눕히고 라벤더 향이 나는 이불과 담요를 덮어 주었다.

여자의 몸에서는 더 이상 악취가 나지 않았다. 아예 냄새가 사라진 건 아니었지만 심하지는 않았고, 이렇게 보니 영락없는 평범한 할머니였다. 그럼에도, 그날 밤 나는 낯선 여자가 우리 집 거실 소파에서 잠을 자고 있다는 사실 때문에 쉽사리 잠을 이루지 못했다. 무엇보다 누나가 아빠에 대해 나쁘게 말한 것이 마음에 걸렸다. 생각하면 할수록 누나의 말이 사실일 리가 없다는 확신이 들었다.

그건 사실이 아니다. 아빠가 가끔 소리를 지르고 화를 내긴 하지만 어떤 이유에서도, 하물며 꽃으로도 엄마에게 손을 대는 일은 절대 없었을 것이다. 아빠는 엄마를 *사랑하니까.*

그리고 나는 엄마와 엄마가 벌인 예상치 못한 일에 대해서도 생각했다. 도시 전체가 잠든 시각에, 엄마 홀로 생각에 잠겨 하염 없이 온도계만 쳐다보다가, 그 여자를 데리러 거리로 나간 것이다. 엄마가 그 여자를 데려온 것이 잃어버렸던 자신의 일부를 되찾아 온 거나 마찬가지인 걸 지금은 알지만, 그때는 미처 몰랐다.

나는 엄마가 노숙자 걱정에 잠을 이루지 못하고 부엌에서 이리 저리 서성이는 모습을 상상했다.

엄마는 단단히 결심한 듯 고개를 들고 한 치의 망설임도 없이 신발을 신고 코트를 입고 엘리베이터의 어스름한 불빛 속으로 달려간다. 엘리베이터가 삐걱거리는 소리를 내며 1층으로 내려가는 와중에 엄마는 거울에 비친 정신 나간 자신의 새로운 모습을 본다. 새로운 용기와 새로운 결심은 멍하니 허공을 응시하던 눈에 활기를 불어넣는다. 그리고 머릿속에는 이런 말이 떠오른다.

"무슨 일이 있어도 해내야 해."

내가 상상한 엄마의 모습은, 미친 사람 그 자체였다! 그 쓰레기 더미에서 골판지와 이불을 헤집어 노파를 찾아내서는, 그녀를 깨워 보온병에 담긴 따뜻한 수프를 먹였다. 그러고는 그녀를 부축해서 길을 건너고 대문을 열고 들어와, 말 그대로 시체를 옮기듯이 엘리베이터 안으로 질질 끌고 왔다. 그 잠깐 사이에 엘리베이터는 시체 안치실이나 다름없었을 것이다.

거기까지 상상한 나는 할 말을 잃었다. 엄마가 인간의 포용력을 넘어서는 대단한 일을 해낸 것은 분명한 사실이었지만…… 적어도 한 가지는 누나의 말이 옳았다. 이 사실을 아빠가 알아서는 안 됐다.

부다페스트, 1942년 7월 23일

우리는 세바스티아노 룸바흐 길에 있는 유대교 회당에 예배를 드리러 갔다. 정말 오랜만이었다.

새로운 법이 제정된 후로, 우리는 회당에 드나들 때마다 누군가에게 해코지를 당하지 않을까 무서웠다. 랍비[9]는 우리에게 경찰이 지켜보고 있으니 조심할 것을 당부했다. 법은 더 이상 우리의 존재를 보호하거나 인정하지 않는다, 그저 차별의 대상으로 구분 지을 뿐이라는 것을 다시금 상기시켜 주었다. 랍비는 현재 상황이 좋지 않다고 말하면서 주변에 낯선 사람이나 이상한 사람이 없는지 힐끔거렸다.

더 이상 믿을 수 있는 것도, 믿을 수 있는 사람도 없었다.

우리는 거의 도망치다시피 하며 집으로 돌아왔다.

"이제 회당에는 나가지 말자꾸나." 하얗게 질린 얼굴로 엄마가 말했다. "집에서 기도하자, 신도 이해하실 거야."

---

9) 유대교의 율법 교사에 대한 경칭

도미니크

나는 걱정스러운 마음으로 다음 날 아침을 맞았다. 간밤에 노인이 뒤척거리며 기침하는 소리가 들렸고, 그녀는 이따금 알아들을 수 없는 말로 소리를 지르기도 했다. 거실로 가니 그녀와 엄마가 대화를 나누고 있었다. 그녀는 우리에 갇힌 동물처럼 불안에 떨며 겁먹은 얼굴로 주변을 이리저리 살폈다. '내 물건'이라고 같은 말만 반복했다.

"내 물건은 어디 있죠? 가야 돼, 당장 가 봐야 돼요!"

엄마는 밖은 너무 추워서 나갔다가는 얼어 죽을지 모른다며 그녀를 설득하는 중이었다. 노파는 자신이 입고 있는 아빠의 가운을 만지작거렸다. 아마 엄마의 가운은 그녀에게 작았을 것이다.

"일단 뭐 좀 먹고 나서 방법을 생각해 보기로 해요."

그렇게 말하는 엄마는 처음 보는 모습이었다. 언제부턴가 엄마는 두려운 게 없어 보였다.

"내 옷은요?" 여자가 물었다.

"세탁했어요."

여자가 손목 냄새를 맡았다. 보디 워시 향이 났다.

"어제 따뜻한 물로 목욕을 했어요." 엄마가 설명했다. "그래야 했고요, 기억 안 나세요? 부인을 발견했을 땐 얼어 죽기 일보 직전이었어요."

여자가 멍하니 엄마를 바라보았다.

"왜요?" 여자가 물었다.

"왜라뇨?" 엄마가 되물었다.

"왜 나를 죽게 내버려 두지 않았어요?"

엄마는 대답 대신 슬픈 미소를 지었다. 어쩌면 엄마도 그 이유를 모르는 모양이었다.

"아무것도 기억나지 않아요……. 나, 목말라요."

"따뜻한 차를 준비할게요, 괜찮죠?"

"술은 없우? 와인이나 맥주 같은?"

"남편의 술을 한번 찾아 볼게요." 엄마는 난감해하면서도 한편으론 그녀가 뭐라도 마셔야 한다고 생각하는 모양이었다.

"미안하지만 부인, 담배도 있으면 주겠어요?"

"아니요. 우리 가족 중에는 흡연자가 없어요. 남편이 담배 냄새조차 질색해서."

노인은 실망한 표정으로 주위를 둘러보았다.

"맞는 말이야……." 여자가 말했다. "담배를 왜 피우는지……. 어리석은 짓이죠."

엄마가 아빠의 술병 하나를 들고 왔다. 먹다 남은 술이었다. 나는 아빠가 눈치채지 못하게 해 달라고 기도했다. 엄마는 컵에 술을 반쯤 따라 여자에게 건넸고, 여자는 단숨에 한 잔을 들이켜고는 엄마에게 다시 잔을 내밀었다.

"한 잔 더요?" 엄마가 말했다. "빈속인데……. 취하고 싶으신 건 아니죠?"

"겨우 한 잔으로? 이 정도론 안 취해요!" 여자가 너털웃음을 지었다. 기분이 좋아 보였다.

노인은 배가 그리 고프지는 않았는지, 쿠키 몇 개와 차를 조금 먹다 말았다. 그녀가 술병을 바라보면 엄마는 별말 없이 한 잔을 더 따라 주었다. 나는 그녀가 알코올 중독자일 거라고 생각했다. 그게 아니면 설명이 되지 않았다. 아빠가 있었으면 그녀는 진작 쫓겨났을 것이다. 지금이라도 나가라고 하는 게 맞을까?

그녀가 내 생각을 읽기라도 한 듯 이렇게 말했다.

"당신은 정말 좋은 사람이에요, 내 생명의 은인이야. 그런데 내 옷은 어디 있죠? 이제 그만 가렵니다."

"어딜 가시려고요? 오늘 밤엔 더 추울 텐데요." 엄마가 다급히 노인을 붙잡았다.

그 순간, 전화벨이 울렸다. 아빠였다. 아빠는 밀라노가 꽁꽁 얼 어붙었고 택시도 잘 잡히지 않는다고 말했다. 게다가 회의도 엉망 이 되고 시간만 낭비했다고 했다. 그러고는 집에는 별일이 없는지 물었다. 엄마는 여기에도 눈이 왔고 무척 춥다고 대답했다.

"그런데 목소리가 왜 그래?" 아빠가 물었다. "좀 이상한데."

엄마는 그렇지 않다며 통화 상태 때문이라고 둘러댔다. 아빠는 그렇군, 하며 옆에 내가 있으면 바꿔 달라고 했다.

"안녕, 아빠!" 내가 앞에 앉아 있는 여자를 바라보며 말했다.

"어떠니? 집에는 별일 없지?"

엄마와 누나는 초조하게 내 입만 쳐다보았다. 나는 잠시 망설 이다가 더듬거리며 대답했다.

"네, 없어요!"

배신자가 된 기분이었다.

"좋아, 집에 얌전히 있으렴! 최대한 빨리 돌아갈게! 멋진 선물 도 사서, 알겠지? 물론 누나 선물도!"

나는 알았다고 답했고 아빠는 이번엔 마라 누나를 바꿔 달라고 했다. 친구를 잘 사귀어야 한다는 당부를 더한 것 빼고는 나와의 통화 내용과 크게 다르지 않았다. 그러고는 전화를 끊었다.

"저는 발레리아예요." 엄마가 우아한 손을 노인에게 내밀며 말했다. "부인의 이름은 뭔가요?"

그 말에 노인이 웃음을 터뜨렸다.

"오, 발레리아. 내게 '부인'이라고 할 필요 없어요. 아무도 내게 존칭을 사용하지 않으니. 게다가, 내 이름이 뭐가 중요한가요?"

"제겐 중요해요." 그 순간에는 엄마 얼굴에서 웃음기가 가셨다.

여자는 한참 엄마의 눈을 바라보다가 악수를 하며 말했다.

"사롤타예요, 부인."

그러고는 살며시 엄마의 손을 돌려서 팔에 있는 큼직한 멍 자국을 보았다. 그녀는 의아하다는 듯 엄마를 쳐다보았다. 엄마는 불에 덴 것처럼 손을 홱 잡아 빼고 잠옷 소매를 끌어내렸다. 여자는 의심 어린 표정으로 그 모습을 지켜봤다.

엄마 몸의 멍이라면 나도 보았다. 예전부터 아빠의 힘이 너무 세서, 엄마를 살짝 잡기만 해도 저렇게 멍이 생겼다.

"엄마는 원래 여기저기 잘 부딪혀요." 내가 잠긴 목소리로 말했다. 하지만 이번에는 미소를 지을 수 없었다.

"그렇구나⋯⋯." 여자가 이상한 표정을 지었다. 그러고는 이렇게 덧붙였다. "당신은 이상한 여자예요. 다른 사람과 달라요⋯⋯."

* * *

사롤타라는 그 여자는 닳아서 올이 드러나 보였지만, 한결 말끔해진(네 번이나 세탁을 해야 했다) 자신의 옷으로 갈아입고는 신발을 찾았다.

엄마는 새 양말과 아빠의 나이키 운동화를 가지고 왔다.

"부인 신발은 너덜너덜해져서 안 되겠더라고요." 엄마가 설명했다. "속상해하지 않았으면 좋겠어요. 대신 이 신발을 신으세요. 남편 건데 양말을 두 겹 신으면 얼추 맞을 거예요."

사롤타는 감사의 인사를 했고 엄마의 도움을 받아 신발을 신었다. 발이 부어서 양말도 필요 없었고 신발 끈도 묶을 수 없었다.

나는 생각했다. 와인 한 병이 사라지고 비싼 나이키 운동화가 갑자기 사라지는 일이 실수 때문에 일어날 수 있는 걸까?

엄마는 누나에게 계단에 아무도 없는지 살피고 오라고 했다. 특히, 할 일은 안 하고 틈만 나면 아빠와 수다를 떠는 엘리오 아저씨가 없는지 확인해 달라고 했다. 우리는 사람들 눈에 띄지 않고 사롤타를 돌려보내야 했다.

대문 앞에서 여자는 마치 우리 할머니라도 되는 양 우리의 손을 꼭 쥐면서 인사를 했다. 그러다 갑자기 감사의 표시로 엄마 손에 뽀뽀하려 했다.

엄마는 거부하며 손을 뒤로 뺐다.

"뭐 하시는 거예요?" 엄마가 당황해하며 물었다.

"고마워서요." 노인이 말했다. "신의 축복이 있기를! 처음이에요, 내가 이렇게 깔끔하고 향기까지 나다니! 공주가 된 것 같아! 당신이 나를 새로 태어나게 해 줬어요."

사롤타가 활짝 웃었다. 웃음은 이내 숨이 멎을 듯한 마른기침으로 바뀌었다.

"병원에 가 보셔야겠어요." 엄마가 말했다.

그러나 여자는 못 들은 척하며 발걸음을 옮겼다. 우리는 엄마의 바람막이 재킷을 입고 눈 속을 걸어가는 그녀를 보았다. 그녀는 길을 건너서 서둘러 자신의 쇼핑 카트가 있는 곳으로 향했다.

"엄마, 저 할머니도 집시[10]예요?" 내가 엄마에게 물었다.

"아니." 엄마가 대답했다. "외국인일 뿐이야."

집 안에 들어가려는 찰나, 진창이 된 눈을 밟으며 황급히 다시 길을 건너 돌아오는 그녀가 보였다. 길 잃은 아이같이 절박한 얼굴로 우리를 향해 뛰어와서는 문을 두드렸다.

엄마가 문을 다시 열었다.

---

10) 코카서스 인종에 속하는 소수 유랑 민족. 인도에서 발상하여 헝가리를 중심으로, 유럽, 서아시아, 아프리카, 미국에 분포하는 민족으로, 일정한 거주지 없이 항상 이동하며 생활한다. 유럽 내에 만연한 반(反)집시 정서와 집시를 대상으로 한 증오 범죄는 꾸준히 문제시되고 있다. _편집자 주

"부인! 아무것도 없어요, 그놈들이 다 가져갔어요. 세상에! 내 사진첩, 사진, 추억까지! 남김없이 전부 가져가 버렸다고요!"

엄마는 그녀와 함께 거리로 나갔고 우리도 따라갔다. 주변 상인들에게 수소문한 끝에, 쓰레기차가 왔다 갔다는 얘기를 들었다. 더러운 카트와 이불이 보기 흉하게 널브러져 있는 꼴이 보기 싫었던 누군가의 신고를 받고 와서 말끔히 거리 청소를 하고 갔다는 것이다.

사롤타는 울기 시작했다. 그런데도 눈물은 흘리지 않았다. 분노에 차서 이를 악물고 알아들을 수 없는 언어로 소리를 질렀다.

그녀는 알고 있었다. 늘 이런 식이기 때문에 예상했어야 했다. 자신의 물건을 방치하면 다른 노숙자들이 훔쳐 가거나 주변 사람들이 이때다 싶어 쓰레기차를 불러서 모조리 쓸어 가 버리게 한다는 것을. 그래서 전날 밤에도 국제 카리타스 직원들을 따라가지 않고 추위 속에서 버렸던 건데…….

"전부 당신 때문이야. 당신 잘못이라고!" 그녀가 엄마에게 소리쳤다. "왜 나를 죽게 내버려 두지 않았어요?"

내가 엄마였다면 화를 냈을 텐데, 엄마는 그 말을 마음에 담아 두지 않았다. 그 대신 쓰레기차가 지나간 지 얼마나 됐는지, 여자의 물건이 어디로 갔을지 주변 상인들에게 물었다. 자신의 가게 문 앞에서 나는 큰 소리에 밖으로 나온 젊은 이발사가 침대 매트리스, 세탁기 같은 대형 폐기물은 시청 창고에 보관된다고 알려주었다. 엄마는 그에게 감사의 인사를 한 다음 내게 택시를 부르라고 말했다. 이윽고 택시가 도착했고 샤롤타와 엄마, 나, 누나 모두 택시에 탔다. 택시 기사가 이상한 눈빛으로 샤롤타를 바라보았다. 택시는 온통 눈으로 뒤덮인 차들이 주차되어 있는 골목길을 지나 차들이 빼곡히 들어선 도로에 합류했다.

노인은 손으로 입을 가리고 유리창에 머리를 기댄 채 소리를 내지 않고 울었다. 절망에 빠진 그녀의 푸른 두 눈은 교차로의 진창이 된 눈 속에 애타게 찾는 물건들이 있지는 않을까 마음 졸이며 주의 깊게 거리를 살폈다. 얼굴은 계속 손으로 가린 채였다. 나는 그녀가 젊었을 때 꽤나 미인이었을 거라는 생각이 들었다. 만약 우리가 지금과는 다른 상황에서 만났다면 그녀를 평범한 노인이라 생각했을지도 모른다.

옆에 앉아 있던 누나가 고개를 돌려 내게 "고마워."라고 속삭였다.

"뭐가?" 내가 작은 소리로 물었다.

"아빠에게 말하지 않아 줘서……."

"말했어도 별일 없었을 거야." 내가 딱 잘라 말했다. "혼자만 다 아는 것처럼 굴지 마."

누나는 반박하지 않고 머리카락이 한 움큼 뽑힌 내 머리를 쓰다듬어 주었다.

"아직도 아파?"

"아니. 누나는? 다리 아프지 않아?"

"괜찮아." 누나가 말했다.

나는 엄마에게는 들리지 않게 누나에게 물어보고 싶었다. 아빠에 대해 왜 그렇게 말했냐고. 하지만 불가능했다.

* * *

우리는 마침내 쓰레기 처리장에 도착했다. 엄마가 알아보겠다며 안으로 들어갔다. 우리는 말없이 엄마를 따라갔다. 엄마는 이불이 들어 있는 쇼핑 카트를 찾고 있다면서 그것이 놓여 있던 거리 이름을 댔다. 책임자로 보이는 사람이 고개를 저으며 밖에 울타리 너머 눈 덮인 고철과 가전제품, 쓰레기 더미를 가리켰다.

"쓰레기를 치워 달라는 전화가 너무 많이 와서 저희도 정신없어요. 그런 데 신경 쓸 시간이 없다고요."

"저희가 직접 찾아 봐도 될까요?" 엄마가 물었다.

나는 잠시 우리가 쓰레기 더미에 기어 올라가 뒤적거리는 모습을 상상했다.

"그건 안 됩니다." 남자가 말했다. "안전상의 문제로 출입을 금지하고 있어요! 눈이 쌓이기도 했고……."

"눈으로 덮여 있다고 해도, 위에 있는 것들은 쉽게 구별이 될 거예요." 내가 끼어들었다.

"안 돼!" 남자가 나를 쏘아보았다. "그러다 누구 하나 다치기라도 하면……."

그때까지 엄마를 믿고 묵묵히 있던 사롤타가 불같이 화를 내며 소리를 지르고 항의하기 시작했다. 그때 나는 무심코 유리창 너머 사무실 안을 들여다봤다가, 남자 직원과 여자 직원이 녹색 염소 가죽 커버를 씌운 허름한 사진첩을 훑어보고 있는 것을 목격했다. 불길한 예감이 들었다.

"사롤타 할머니."

나는 수줍게 노인의 팔꿈치를 톡 치며 처음으로 그녀의 이름을 불렀다. 그리고 그쪽을 가리켰다.

그 광경을 본 그녀의 눈에 생기가 돌더니 불도저처럼 문을 열고 안으로 들어갔다. 순식간에 두 사람에게서 사진첩을 빼앗아 알아들을 수 없는 말로 소리쳤다. 아마도 남의 것에 함부로 손대지 말라는 말이었을 것이다.

그사이 우리도 그녀를 따라 사무실로 들어갔다. 우리와 이야기하던 남자가 사롤타의 어깨를 잡고 당장 나가라고 소리쳤다.

"이건 내 거야, 내 거라고!" 사롤타는 미친 사람처럼 저항했다.

사롤타가 흥분을 가라앉히고서야 남자도 그녀를 놓아주었다. 그녀는 숨을 헐떡이면서 사진첩 속 사진들이 온전히 있는지 확인했다.

"이게 왜 여기에 있는 거죠?" 엄마기 씨늘하게 물었다.

남자는 우물쭈물거리며 설명했다.

"작업자들이 수거를 마치면, 버리기 꺼림칙한 물건들을 사무실로 가져옵니다. 우표나 엽서, 낡은 사진을 수집하는 사람들이 그런 것들을 챙겨 가고요⋯⋯. 어쨌든 이제 원하는 걸 찾았으니 가지고 나가세요. 다신 이곳엔 얼씬도 하지 마세요!"

사진첩을 들춰 보던 직원들은 불안한 눈빛으로 사진을 한 장 한 장 확인하는 여자를 보고 체념한 듯했다. 여자가 사진첩을 돌려주는 일은 없을 거란 걸 깨달은 모양이었다.

"없어!" 사롤타가 놀라서 말했다. "나의 기에르멕Gyermek: 아이 사진이 없어, 이런 세상에!"

"어디 떨어졌겠죠!"

남자가 다시 사무실로 쳐들어가려는 그녀를 막으려고 양손을 벌리며 말했다.

그녀는 절망에 빠져 거세게 항의했다. 도둑이라고 고래고래 소리치는 사롤타에게 방금까지 사진첩을 보고 있던 젊은 여자 직원이 사진 한 장을 손에 들고 나왔다.

"여기 있어요! 여기 있으니까 진정해요. 미안해요. 내 사물함에 붙여 두려고 빼놨었어요……. 아이가 너무 예뻐서……."

"내 거야!"

사롤타는 사진을 홱 잡아채 뺏고 사진 속 아이에게 뽀뽀했다.

"이 사진은 내 거야! 나의 도미니크, 나의 기에르멕!"

부다페스트, 1942년 9월 12일

이 왕국은 뭔가 잘못되어 가고 있다. 신이시여, 헝가리 왕국에 자비를 베푸시고 우리의 보금자리를 지켜 주소서.

그러나 기도가 무색하게 흑기사들이 쳐들어왔고, 우리는 짐 몇 가지만 챙겨서 서둘러 집을 떠났다. 너무 무서웠다.

코바치 아저씨의 가게 뒷방으로 가서 살게 되었다. 달리 갈 곳이 없었다. 엄마는 덜덜 떨리는 손으로 계약서[11]에 서명했다.

집을 잃은 사람들은 우리 말고도 많았다. 모두 슬픔에 잠겨 있었다. 우는 여자들도 있었지만 엄마는 이번만큼은 눈물을 보이지 않았다. 그저 내 손을 더 꽉 잡을 뿐이었다.

---

11) 나치 통치 시절, 유대인들은 거처를 옮길 때마다 등록부에 서명을 해야 했다.

사진첩

집으로 돌아가는 길에 다시 눈발이 날리기 시작했다. 탁하고 걸쭉한 우유가 하늘에 쏟아져 응고되어서, 마치 신의 머리에 수북이 쌓인 비듬처럼 조각조각 떨어지는 것 같았다. 날씨가 더 추워졌다. 날이 저물면 기온은 더 떨어질 것이다.

사롤타는 안정을 찾은 듯했다. 그녀는 집으로 돌아오는 내내 사진첩을 꼭 끌어안고 아이의 사진에 연신 입을 맞추었다. 그러다 사진첩을 손에 쥐고 지쳐 잠들었다. 집 앞에 도착했을 때 너무나 피곤했던 그녀는 함께 들어가자는 엄마의 제안을 뿌리치지 못했다.

다행히 그녀를 본 사람은 아무도 없었다. 적어도 그러길 바랐다.

"여기 오래 있을 수는 없어요, 폐를 끼치기 싫어요……." 사롤타가 말했다.

엄마가 웃으면서 그녀를 안심시켰다.

"남편이 오기 전까지는 괜찮아요. 그이와 마주치지만 않으면 돼요. 일기 예보에서 날씨가 곧 좋아질 거라네요. 사라진 이불도 꼭 찾아 줄게요. 갈 곳도요. 방법을 찾게 될 거예요."

엄마에게서 불안, 망설임, 두려움, 여기저기 부딪치고 다치는 산만함 따위는 전혀 보이지 않았다. 사롤타가 엄마의 머릿속에 들어간 후, 엄마가 그녀를 걱정하기 시작한 후로 그런 것들은 모조리 사라지고 없었다.

사롤타가 사진첩을 만지작거리며 말했다.

"다른 물건은 어떻게 되든 상관없어요. 이것만 있으면 돼요, 이것밖에 없거든…… 내 인생에서 남은 거라곤……."

우리는 동정 어린 눈빛으로 노인을 바라보았다.

"사진첩을 찾아서 다행이에요." 엄마가 말했다.

나는 엄마가 비상금을 택시비로 거의 다 써 버렸다는 걸 알고 있었다. 아빠는 엄마에게 부족함 없이 뭐든 다 해 줬지만, 개인적으로 쓸 돈만큼은 넉넉히 주지 않았다. 집에만 있으니 돈 쓸 곳이 없다는 이유에서였다.

그걸 까맣게 몰랐을 사롤타는 해맑게 웃으며 사진첩을 꼭 사람 대하듯이 소중히 어루만졌다. 그리고 그걸 펼치며 말했다.

"우리 도미니크 볼래요? 아무에게도 보여 준 적 없다우. 당신과 아이들에게만 보여 줄게요. 당신들은 다른 사람들과 다르니까."

우리는 사롤타 주위로 모여들었다. 엄마는 그녀의 오른쪽, 마라 누나는 왼쪽에 앉았고 나는 뒤쪽에서 소파 등받이에 기대어 섰다.

노인은 대단한 보물을 보여 주기라도 하는 듯이 조심스럽게 사진첩을 펼쳤다.

낡았지만 여전히 제 역할을 충실히 하고 있는 녹색 염소 가죽 커버를 열자, 첫 번째 페이지에는 어떤 도시의 풍경이 담긴 흑백 사진이 있었다. 어느 큰 강의 기슭에 웅장한 궁전 하나가 우뚝 솟아 있었다. 성 베드로 대성당처럼 대형 돔이 설치된 그 거대한 궁전이 강물에 비쳤고, 도시를 가로지르며 길게 뻗은 강 위로 여러 개의 대형 다리가 놓여 있었다.

"내 고향 부다페스트예요." 사롤타가 자랑스럽게 웃으며 말했다. 그러고는 궁전과 여러 다른 곳을 가리키며 말했다. "여기는 국회, 세체니 다리, 교회, 헝가리 사람들……."

뒷장에는 체구에 맞지 않는 헐렁한 코트를 입고 웃고 있는 젊은 남자 옆에 아이를 품에 안은 여자가 있었다.

"이 아기가 나고, 나를 안고 있는 게 우리 엄마예요. 정말 아름답죠? 이 사람은 우리 아빠고요. 내가 어렸을 때 돌아가셨답니다.

그때 난 여덟 살이었는데 아직도 생생해요…….”

그리고 다른 친척들의 사진도 보여 주었다. 그 속에서 여섯 살 정도 돼 보이는 사롤타를 보았다. 정말 예쁜 소녀였다. 그리고 그 소녀가 훌쩍 자라 키 큰 남자 옆에서 웨딩 베일을 쓰고 있는 사진도 보았다. 그다음 장에는 아이를 안고 있는 아름다운 여성이 있었다.

“남편이에요. 이 사람도 갑자기 세상을 떠났죠. 아무래도 나는 남자들과는 인연이 없는 모양이야. 이 아이는 내 아들인 다리. 결혼도 했고 실력 있는 회계사랍니다.”

비교적 최근으로 넘어갈수록 장수도 많아졌고, 사진도 흑백에서 컬러로 바뀌었다. 동시에 우리의 질문도 점차 줄어들었다.

다시 사롤타의 사진이 나왔다. 그녀는 부쩍 나이 든 모습이었고 그 옆에는 양 볼을 빵빵하게 부풀리고 촛불을 끄려고 하는 아이가 있었다. 사진 한쪽에는 손뼉을 치며 웃고 있는 젊은 남녀가 보였다. 어느 레스토랑에서 찍은 사진 같았다. 그들 앞에 놓인 케이크에는 초가 네 개 꽂혀 있었다.

“아들과 며느리예요. 이 아이는 내 손자 도미니크.”

그러면서 그녀는 몇 페이지를 건너뛰어 그녀가 손에 꼭 쥐고 뽀뽀를 했던 그 예쁜 아이의 사진을 펼쳤다.

“도미니크, 내 강아지, 내 전부!”

"어머, 귀여워라!" 엄마가 말했다. "근데 아이는 어디 살아요? 못 본 지 얼마나 된 거예요?"

"내가 여기 온 지 4년 됐고, 도미니크는 헝가리에서 제 부모와 함께 살고 있어요. 예전에 함께 살 땐 이 애가 우리 집의 왕자였지요. 벌써 열 살이 되었겠군요. 이제 나를 기억도 못 할 거예요."

우리 모두의 머릿속에는 똑같은 질문이 떠올랐다. 그 의문이 한 마리의 쥐처럼 재빨리 우리의 마음속을 스쳐 지나갔고, 그녀도 우리의 눈빛에서 그걸 읽었는지 당황한 듯이 사진첩을 닫고 말했다.

"화장실 좀 다녀올게요. 실례해요."

엄마는 그녀를 화장실로 안내해 주었다. 우리 중 누구도 그 질문을 꺼내지 않았다.

샤롤타가 화장실에 간 사이 누나가 말했다.

"엄마, 저분을 계속 집에 있게 할 순 없어요. 이웃들 눈도 있고 아빠가 언제 돌아올지 모르잖아요. 너무 위험해요."

"아빠에게 자주 전화하면 돼." 엄마가 차분하게 말했다. "지금 어디 있는지 물어보고 출발할 때쯤 전화 달라고 하면 될 거야. 그러면 걱정할 필요 없어. 잘 해결될 거야. 샤롤타는 이제 옷차림도 깔끔하고 평범한 노부인이니까. 친척 할머니라 해도 되고. 누군가 우리 집에 웬 노인이 왔었다고 아빠에게 말하면, 할머니가 연락도 없이 불쑥 찾아왔었다고 하면 돼."

사롤타를 우리 할머니라고 말할 생각에 웃음이 났다. 나이는 비슷해 보이지만, 체격이 왜소하고 잔병이 많은 우리 할머니와 사롤타는 닮은 구석이 전혀 없었다.

사롤타는 자신의 이야기를 숨김없이 털어놓은 것이 내내 마음에 걸린 모양이었다. 저녁 식사 때 엄마가 준 와인 한 병을 혼자 다 마신 데다가 말수도 부쩍 줄어들었다. 그렇게까지 솔직할 필요는 없었다고 생각하는 것 같았다. 낯선 사람들에게 자신과 가족에 대해 그렇게까지 얘기해 본 게 처음일 것이다. 그래서인지 이제는 말을 아끼는 모습이었다.

그날 엄마는 사롤타를 소파가 아닌 손님방에서 재웠다. 다리미 판과 청소기, 실내 자전거와 한동안 그 방에 보관되어 있던 물건들을 전부 치웠다. 멀리 사시는 할머니, 할아버지가 오시면 가끔 사용하던 곳이었지만, 최근 몇 년간은 우리 가족만 드나들었고 다림질 공간으로 변한 지 꽤 되었다.

엄마가 방을 정리하는 것을 보며 난 생각했다.

'길거리 노숙자에게 이렇게까지 신경을 써 주다니……'

나는 고개를 절레절레 흔들었다.

나는 잠들기 전에 'DC 코믹스' 만화책을 읽었다. 하지만 집중할 수가 없었다. 나는 더 이상 그 여자가 무섭지 않았고 자다가 늙은 노숙자에게 봉변당할지 모른다는 두려움도 없었다. 그저 형가리에 가족이 있는데 왜 이탈리아까지 와서 노숙 생활을 하며 알코올 중독자가 되었는지 궁금할 뿐이었다. 비극적인 사연이 있는지도 모른다. 베일에 싸인 사건이 있을지도. 우리에게 들려준 이야기가 알고 보면 정신이 나갈 정도로 불행했던 삶을 미화한 가짜일지도 모르는 일이다. 그녀의 아들에게 무슨 일이 생겼을 수도 있다. 그런 게 아니라면 사랑하는 가족들과 떨어져 이렇게 살아갈 수 있었을까?

엄마도 비슷한 생각을 하고 있을 거라는 확신이 들었다.

나는 아직 깨어 있는 마라 누나와 조용히 대화를 나눴다.

누나가 말했다.

"불쌍해. 한순간에 모든 걸 잃고 저런 삶을 살고 있잖아."

"몇 살이나 됐을까?" 내가 물었다.

"많겠지. 그렇게 나이 들어 보이지는 않는데, 그래도 보기보다 연세가 꽤 있으실 것 같아."

그리고 우리는 밖을 내다보았다. 눈이 내리고 있었다. 핸드폰으로 기온이 얼마나 낮은지 확인하고 둘 다 깜짝 놀랐다.

"사롤타 할머니를 그냥 뒀으면 오늘 밤도 무사히 넘기지 못했을 거야……."

"저 물건들만 없었다면 국제 카리타스를 따라갔겠지." 나는 추측해 보았다.

"아마도…… 그랬겠지." 누나가 곰곰이 생각하며 말했다. "아닐 수도 있고."

불을 끄기 전, 자면서도 이어지는 노인의 기침 소리가 쉴 새 없이 들려왔다.

부다페스트, 1943년 10월 20일

새로 이사한 가게 뒷방은 냉골이다. 나는 더 이상 학교에 가지 않는다. 엄마와 나는 쥐처럼 숨어 지낸다. 엄마는 양장점 일을 그만두었다. 우리는 소음과 공포로 이루어진, 외지고 음침한 세상에 뚝 떨어졌다. 우리는 귀를 쫑긋 세우고 밖에서 나는 소리에 집중한다. 우리 집이 그립다. 이따금 코바치 아저씨가 음식을 가져다주러 오는데, 문이 열릴 때마다 심장이 목젖까지 튀어 오른다. 돈도 다 떨어져 가고 엄마는 밤마다 아이처럼 눈물을 훔친다. 어떻게 해야 할지 모르겠다.

작별

    다음 날 아침 의사를 부른 걸로 보아, 엄마도 사롤타의 기침 소리를 들은 모양이었다. 그런데 그 의사는 아빠의 친구인 우리 집 주치의가 아니라 인터넷에서 수소문한 처음 보는 의사였다.

    의사가 사롤타의 방 문을 열었을 때 그녀는 아직 자고 있었다.

    날씨가 풀려 햇살이 수줍게 방 안을 비추고 있었다. 아프리카에서 유입된 고기압이 찬 공기를 밀어내고 있으니 곧 대기가 안정되고 기온이 오를 거라고 뉴스에서 그랬다.

    사롤타는 잠에서 깨어 의사를 보자마자 놀라서 벌떡 일어났다. 그리고 의사와 엄마를 차례로 노려보았다. 엄마가 자신을 배신하고 경찰에 신고했다고 착각한 모양이었다.

"샤롤타, 밤새도록 기침을 했어요. 진찰을 받아야 할 것 같아서요. 약이라도 먹으면……."

"난 아무렇지도 않아요!" 노인이 퉁명스럽게 말했다. "진찰 같은 건 필요 없어요, 평생 병원 근처에도 가 본 적 없다고요!"

"그러니까요. 그 기침이 정말 별것 아닌지 확인하면 안심이 될 거예요." 엄마는 아이를 어르는 것처럼 인내심을 갖고 설명했다.

의사는 젊고 친절한 데다 노련했다.

"이런, 제가 그렇게 못생겼나요? 잠시 폐를 청진해 보려는 것뿐입니다, 부인. 별문제 없으면 당장 나갈게요. 문제가 있다고 해도 약 몇 알만 드시면 씻은 듯이 나을 거고요!"

샤롤타는 결국 수긍했고, 의사는 청진기를 이리저리 대 보며 진찰을 시작했다.

"담배 피우시나요?"

"그랬지, 그런데 이젠 못 피워요. 담배는 너무 비싸."

"나이가 어떻게 되시죠?"

"의사가 될 정도로 똑똑하면서, 여자의 나이를 묻는 건 실례인 것도 몰라요?" 샤롤타는 자기가 던진 농담에 혼자 웃으며 기침을 했다.

"빠흐도네모아 마담Pardonnez-moi Madame: 죄송합니다만 부인, 의사인 제 소견으로는 연세가 일흔 정도…… 되신 거 같은데요?"

"무슨 소리! 난 1932년에 태어났고 지금은 2011년이니까……
알아서 계산해 보슈!"

"이럴 수가, 대단한 동안이세요! 기관지염에 걸리신 것만 빼면 아
주 건강하시네요." 의사가 말했다. "항생제와 비타민을 좀 처방해
드릴게요. 주사도 필요 없고 알약이면 되겠어요. 천만다행이죠?"

잠시 뒤 의사가 살짝 가라앉은 목소리로 말했다.

"그런데 괜찮으시다면 잠시 손을 좀 봐도 될까요?"

사롤타가 머뭇거리며 손을 내밀었다.

"아프세요?" 의사가 사롤타의 손끝을 콕 찌르며 물었다.

그녀는 고개를 젓고서, 핸드폰처럼 생긴 작은 기계로 자신의
검지손가락을 더듬거리는 의사를 가만히 바라보았다.

"약주도 좀 하시나 봐요. 술은 절대로 드시면 안 돼요. 당뇨가
있어서……. 병원에 가서 몇 가지 검사를 더 해 보는 게 좋겠습니
다." 의사가 진지하게 설명했다. "병원은 부인을 잡아먹지 않아
요, 아시죠? 입원 요청서를 써 드릴게요. 성함이 어떻게 되시죠?"

"이름은 없어요. 나는 이탈리아 사람이 아니에요."

"그래도 괜찮아요, 그러면 응급실로 가세요." 의사가 신신당부
했다. "꼭 가셔야 해요."

"오늘 오후에 함께 가요. 그럴 거죠, 사롤타?"

엄마는 사롤타를 토닥여 준 후, 의사와 함께 거실로 나가 남은

비상금으로 진료비를 계산했다. 엄마가 그렇게 돈을 다 써 버려서 안타까웠다. 한편으로는 질투가 나기도 했다.

우리가 점심 식사 준비로 분주하게 움직이는 사이, 현관문이 쾅 하고 닫히는 소리가 들렸다. 현관으로 달려가니 샤롤타가 안간힘을 쓰며 계단을 뛰어 내려가고 있었다. 엄마가 부르는 목소리에 그녀는 허둥지둥 계단을 내려가면서 외쳤다.

"고마웠어요, 부인! 이제부터 내가 알아서 할게요! 정말 고마워요, 신의 축복이 있기를!"

엄마는 그녀를 따라 한 층 한 층 계단을 내려갈 때마다 돌아오라고 소리쳤다.

"돈도 없잖아요! 몸도 성치 않은데, 어서 돌아와요, 샤롤타!"

하지만 여자는 걸음을 멈추지 않았고 이내 대문이 쾅 닫혔다. 그녀를 붙잡을 수 없었다.

위층의 엘리오 아저씨가 그 광경을 처음부터 끝까지 보고 있었다. 그는 큰 쥐같이 생긴 얼굴과 대머리, 뾰족한 코를 계단 난간에 쑥 내밀고 있었다.

"부인, 부인! 저 여자는 누굽니까? 혹시 집시? 도둑질을 했나요? 경찰을 부를까요?"

엄마는 대꾸하지 않고 그 앞을 지나쳤다. 나와 누나도 계단에서 모든 상황을 지켜봤다. 엄마가 누구의 말을 무시했다는 게 믿기지 않았다.

"경찰을 부를까요?" 흥분한 아저씨가 한 번 더 소리쳤다.

"아니요!" 엄마가 단호하게 말했다. "다른 부탁 하나 들어주시겠어요?"

"물론이죠, 부인!" 아저씨가 군인처럼 꼿꼿한 자세로 서서 대답했다.

"남의 일에 신경 끄고 본인 일이나 잘하세요!"

"뭐, 뭐라고요? 어떻게 그런 말을! 거참 무례하네! 당신 남편에게 다 말할 거요!"

우리는 웃음기 사라진 얼굴로 문을 닫고 들어왔다.

사롤타가 집에 없으니 안심해야 정상인데, 나는, 아니 우리는 그녀가 그런 식으로 집을 나가 버려서 안타까운 마음이 들었다. 특히 엄마를 생각하면 더욱 마음이 아팠다.

"도움을 바라지 않는 사람을 돕는 건 어려운 일이란다, 얘들아……. 그래도 할 만큼 했잖아. 사람은 누구나 원하는 대로 살 권리가 있는 거야."

엄마가 슬픈 얼굴로 말했다. 다시 길들여지고 연약한 원래의 엄마로 돌아왔다.

손님방의 서랍장 위에는 사롤타의 사진첩이 그대로 있었다. 펼쳐 보니 손자의 사진만 챙겨 갔다는 것을 알 수 있었다.

엄마는 사진첩을 자신의 보석함에 조심스럽게 넣었다.

"언젠가 찾으러 올지도 몰라⋯⋯." 엄마가 중얼거렸다. "우리가 맡아 줄 걸 알고 두고 간 걸 거야⋯⋯."

부다페스트, 1944년 3월 27일

오늘은 내 생일이다. 나는 열두 살이 되었고 제법 어른스러워졌다.

벌써 2년째 코바치 아저씨 집에 살고 있다. 아저씨는 좋은 사람이다. 그런데 오늘 아침, 먹을 것을 찾으러 나간 후로 돌아오지 않고 있다.

봄의 시작과 함께 흑기사들이 헝가리 전체를 점령했고, 이제는 그들이 없는 곳이 없다. 거리는 비명과 총성으로 가득하다. 코바치 아저씨가 돌아오지 않으면 우리가 직접 먹을 것을 구하러 나가야 한다. 굶어 죽지 않으려면 말이다. 신이시여, 아저씨에게 대체 무슨 일이 생긴 건가요?

유대인들은 이제 아무것도 할 수 없다. 모든 게 법으로 금지되었다. 며칠 전부터는 다윗의 별[12]을 가슴에 달고 외출을 해야 한다.

"가축처럼 낙인이 찍혔구나······." 엄마가 말했다.

---

12) 유대인을 상징하는 표식

카르보나라

다음 날, 세 가지 사건이 동시에 일어났다. 얼마 전 일기 예보
대로 날이 따뜻해졌다. 그리고 아빠가 저녁때쯤 집에 도착할 예정
이라며 전화를 했다. 도로의 눈이 다 치워져서, 아빠의 SUV로는
전혀 위험할 게 없다고 말했다. 마지막으로 뜻밖의 전화 한 통이
걸려 왔다.

엄마가 전화를 받았다. 병원에서 온 전화였다.

간호사가 어느 노부인을 알고 있는지 물으며 모습을 설명했다.
사롤타였다. 그녀의 몸 상태가 안 좋아져서 병원에 입원했다면서,
신분증은 없었지만 엄마의 이름과 주소, 우리 집 전화번호가 적힌
꼬리표가 재킷에서 발견되었다는 것이다.

작년에 엄마와 산에 갔을 때, 여자들이 너도나도 당시 유행하던 재킷을 입고 있어서, 혹여나 잃어버리거나 다른 사람의 것과 바뀌는 일이 없도록 꼬리표를 붙여 놓았던 것이 기억났다.

"네, 알아요. 바로 갈게요."

"바로 가다뇨?" 엄마가 통화하는 걸 보고 있던 누나가 놀라서 물었다. "엄마가 나간 사이에 아빠가 오면 어떡해요?"

"사실대로 말하렴. 엄마가 병원에 입원한 친구의 병문안을 갔다고."

"친구요? 엄마한테 친구가 어딨어요!"

"글쎄, 이제 한 명은 생긴 것 같은데. 너희는 집에서 기다려. 숙제하고 TV 보고 있으렴."

"우리도 같이 가요!"

나도 누나와 같은 생각이었다.

"아빠가 와서 우릴 찾으면 함께 장 보러 갔었다고 할게요. 돌아오는 길에 뭐라도 사 오면 되잖아요."

"그래, 알았다. 어서 옷 갈아입어, 서둘러!"

이번에는 택시 대신 지하철과 트램[13]을 타고 걸어갈 수 있는 거리는 걸었다. 남은 비상금을 전부 써 버릴 수는 없었다.

---

13) 교통수단의 하나로, 도로상에 설치된 레일을 따라 움직이는 전동차 _편집자 주

나는 병원과 병원 냄새가 싫다. 늘 그렇듯 엄마가 길을 잃는 바람에, 우리는 복도를 한참 헤맨 끝에야 병실을 찾아갈 수 있었다.

힘들게 찾아간 곳에서 간호사가 나와 누나를 막아섰다. 작은 체구의 간호사는 예민하고 완강해 보였다. 간호사 말이, 환자가 무척 불안에 떨고 있으며 퇴원을 고집하지만, 다행히도 걸어 나갈 기력이 없어서 우리가 올 때까지 붙잡아 둘 수 있었다는 것이다.

엄마는 환자가 아이들을 보면 마음의 안정을 찾을 수 있을 거라며 간호사를 설득했다.

"그럼 들어가서 진정 좀 시켜 주세요!" 간호사가 말했다.

우리가 병실로 향하는 동안 간호사는 엄마에게 사롤타의 정확한 이름과 국적을 물었고, 그녀가 기관지염에 걸렸으며 무엇보다 당뇨가 심각하다고 설명했다. 치료만 잘 받으면 별문제 없겠지만 지금처럼 방치해 두었다가는 악화될 거라고도 했다. 무엇보다 술을 당장 끊지 않으면, 고집스러운 그녀라도 오래 버티지 못할 거라고 덧붙였다.

엄마는 이름 외에는 아는 것이 거의 없다고 말하며 사롤타를 어떻게 알게 되었고, 그녀가 왜 엄마의 재킷을 입고 있었는지 자초지종을 설명했다. 간호사가 엄마를 보며 말했다.

"그럴 거라 예상은 했어요. 노숙자라고 하기엔 너무 멀끔한 모습이었죠."

우리가 병실에 들어갔을 때, 사롤타는 환자복도 슬리퍼도 걸치지 않고 있었다. 그녀는 창가 침대에서 촉촉이 젖은 눈과 벌 받는 아이 같은 상심한 표정으로, 나뭇가지 위에서 지저귀는 새들을 눈으로 좇으며 부드러운 아침 햇실이 드리운 나무를 보고 있었다.

우리는 천천히 그녀에게 다가갔다. 엄마가 침대에 앉더니 그녀를 껴안았다. 그러자 사롤타는 엄마에게 안겨 흐느끼며 울기 시작했다.

"부인, 고마운 부인……. 내가 병에 걸렸대요. 하지만 나는, 사롤타는 강한 사람이라우. 이런 걸론 아프지 않아요. 제발 여기서 나가게 해 줘요……."

엄마는 아무 말 없이 그녀가 울분을 쏟아내도록 두었다.

"나, 무섭지 않아요……. 나는 죽음을 여러 번 목격했으니까요, 아주 어릴 때부터……. 여기서 내보내 줘요."

"사롤타, 당신은 몸이 좋지 않아요. 당뇨에 기관지염까지……. 며칠 입원해 있으면서 몇 가지 검사를 받아야 해요. 가족분들께 연락할까요?"

"아니, 안 돼요! 난 가족 같은 거 없어요! 난 혼자라고……." 사롤타가 급히 고개를 내저었다.

"그럼 사진 속 아들과 며느리는요?"

그녀는 절박한 표정으로 힘겹게 엄마의 어깨를 잡고 눈을 바라보았다.

"날 그냥 내버려 둬요! 시간이 너무 많이 흘렀어요……. 난 혼자예요, 알겠어요? 난 혼자라고요! 제발 아들에게 알리지 말아요, 내 손자에게도……."

그러더니 숨이 차는 듯 손으로 입을 가리고 기침을 하기 시작했다.

간호사가 와서 그녀가 안정을 취해야 한다고 말했다. 의사가 보호자와의 면담을 원한다는 말도 전했다.

엄마가 의사와 오랫동안 대화를 나누는 동안, 나와 누나는 복도에서 엄마를 기다렸다. 그때 내 핸드폰이 울렸다. 아빠였다.

"니콜라, 다들 어디 갔니? 집에 여러 번 전화했는데……. 아빠는 벌써 볼로냐에 도착했단다. 엄마는 어디 있어?"

"함께 장을 보러 나왔어요. 엄마는 점원과 얘기 중이고요. 지금 우리가 계산할 차례라서요……. 전화하라고 할까요?"

나는 비열한 배신자가 된 기분이 들었다.

"별일 없지?"

"네……."

죄책감으로 배를 움켜쥐었다. 목소리는 기어들어 갔다.

"우리 집 여자들은 어떻게 하고 있니?"

"잘하고 있어요……."

"그럼 저녁에 보자. 엄마에게 오늘 저녁에는 카르보나라가 먹고 싶다고 전해 주렴. 마침 장을 보고 있으니 필요한 재료를 사 오면 되겠구나! 이따 보자, 파이팅!"

"이따 봐요!"

통화가 끝나자 누나가 나를 쳐다보았다.

"아빠가 뭐래?"

"오늘 저녁에 도착하고 저녁은 카르보나라가 좋겠대. 가는 길에 장을 봐야 해……."

"불길한데." 누나가 걱정스럽게 말했다.

마음이 편치 않았다. 샤롯타를 처음 집에 들인 날을 시작으로 어떻게 해서든 그녀를 도우려고 하는 엄마 때문에 나는 벌써 몇 번이나 아빠를 속였다. 아빠는 나를 믿었고 내가 집에서 일어나는 모든 일을 말해 주길 바랐다. 그런데 나는 그 기대를 저버리고 엄마, 누나와 한통속이 된 것이다.

하지만 난 아빠를 너무 잘 알고 있었다. 아빠에게 사실대로 말할 수는 없었다.

* * *

얼마 뒤 우리는 집으로 돌아왔다. 아빠가 도착할 시간이 가까

122

워지자 엄마는 극도로 긴장하며 카르보나라를 만들기 위해 달걀을 풀고 베이컨을 썰었다.

나는 엄마에게 다가갔다. 누나와 싸운 뒤로 한 질문이 계속해서 맴돌았다. 그 질문이 날 선 창이 되어 엄마에게서 떨어지지 못하게 내 옆구리를 찌르는 것 같아서, 찝찝한 기분을 떨쳐낼 수 없었다.

그래서 단도직입적으로 물었다.

"아빠가 엄마를 때렸어요?"

엄마가 놀라서 돌아봤다. 눈에는 두려움이 가득했다.

"무슨 말을 하는 거니? 왜 그런 생각을 해?"

"저도 이제 다 컸어요……. 눈가에 시퍼런 멍 자국……. 전 엄마가 부주의한 줄로만 알았어요……."

엄마 손이 파르르 떨렸다. 엄마는 앞치마에 물기를 닦고는 의자에 털썩 주저앉았다. 그러나 언젠가는 일어날 일이라는 것을, 내가 눈치채리라는 것을 엄마도 알고 있었으리라.

"아빠 알잖아……." 엄마가 안타까운 눈빛으로 나를 쳐다보며 말했다. "나쁜 사람은 아니야. 조금…… 충동적이어서 그렇지. 아빠는 공장에서 책임져야 할 일도 많고, 엄마는 어쩌다 팔을 조금만 세게 잡혀도 쉽게 멍이 들잖니. 가끔 다투다 보면 아빠가 자기도 모르게 엄마를 밀치는 일도 생기고……. 너도 알다시피 아빠는 힘 조절이 서툴러⋯⋯."

　나는 엄마가 크게 다쳤던 날을 정확히 기억하고 있었다. 멍 든 눈과 붕대 감은 팔. 그때 엄마는 계단에서 발을 헛디뎌 넘어졌다고 했고, 팔이 부러져 병원에 입원했다.

　"나쁜 사람은 아니야, 알잖니⋯⋯. 일부러 그런 건 더더욱 아니고. 그러니 아빠를 비난해서는 안 돼⋯⋯. 사랑해야지."

　온 집이 빙글빙글 돌고, 끝이 보이지 않는 깊은 구덩이에 떨어지는 느낌이 들었다. 사실이었다! 그랬던 것이다! 이 정도로 아무것도 눈치채지 못할 만큼 내가 순진했던가? 나는 엄마를 껴안고 울기 시작했다. 엄마도 내 품에 얼굴을 묻고 흐느껴 울면서 나를 꽉 껴안았다.

　"미안하다⋯⋯." 엄마가 눈물을 닦고 목을 가다듬으며 말했다. "울 일이 아닌데, 그럴 만한 일도 없었고⋯⋯. 우린 행복한 가족이잖아. 잊지 마, 니콜라. 아빠는 좋은 사람이란 걸⋯⋯. 무척 사려 깊은 사람이지⋯⋯. 고집이 조금 셀 뿐이야. 그게 다야!"

　바로 그 순간, 현관문이 열리고 아빠가 환하게 웃으며 들어왔다.

　"아무도 없니? 아빠 왔다!" 아빠는 우리가 달려와 반기길 기대하며 외쳤다.

　누나가 아빠에게 달려가 함께 웃으며 농담을 주고받는 소리가 들렸다. 아빠가 사 온 누나 선물은 이번에도 어린애 장난감 같은 것이었다.

　나는 싱크대에서 얼른 세수를 하고 행주로 얼굴을 닦았다. 엄마가 내 머리를 정돈해 주며 조심스럽게 밖으로 내보냈다.

　아빠와 나는 거실 끝과 끝에 서서 서로를 바라보았고, 아빠는 출장에서 돌아오면 으레 하던 대로 나를 향해 두 팔을 벌렸다. 하지만 나는 전처럼 아빠에게 바로 달려가지 못했다. 집 안에 깊은 수렁이 생긴 것 같았고 나는 그 속으로 떨어질까 봐 두려움에 떨고 있었다. 하지만 더는 주저할 수 없었다. 보다 못한 다리가 마음대로 움직여 아빠에게 달려가 안겼다.

　아빠의 애프터셰이브 향이 났다. 내게는 언제나 안전한 피난처였던 아빠의 품속에서 빨리 빠져나오고 싶었다. 갑자기 숨이 막혀 견딜 수 없었다.

　"네게 줄 게 있다, 니콜라!" 아빠가 행복해하며 여행 가방 옆에 놓아둔 봉지에서 상자 하나를 꺼냈다. "열어 봐!"

　상자를 열어 보니 아빠의 총과 똑같은 것이 들어 있었다. 비비탄이 발사된다는 것만 빼면 정말 똑같았다.

　"이걸로 사격장에 가기 전까지 연습하렴!" 아빠가 내 귀에 대고 속삭였다.

　"고마워요! 고마워요!"

　실제로는 그렇지 않았지만, 최대한 선물에 감동한 듯이 보이려고 애썼다.

하지만 그다지 진심으로 느껴지지 않았던 모양이다. 아빠가 나를 의심 어린 눈빛으로 쳐다보았다.

"맘에 안 드니?"

"정말 맘에 들어요……. 생각도 못 했어요!" 나는 억지 미소로 겨우 상황을 모면했다.

"그런데 나의 사랑, 우리 부인은 어디 있지?" 아빠가 부엌으로 향하면서 큰 소리로 말했다.

"카르보나라를 만들고 있죠! 주인님의 분부대로!"

농담이라곤 전혀 할 줄 모르는 엄마가 웬일인지 평소와 다른 반응이었다.

"이런! 당신, 오늘 저녁에는 재치가 넘치는걸!" 아빠는 그런 엄마의 변화가 반갑다는 듯 웃었다.

"파스타도 다 익었고 물기만 빼면 되니까, 여러분은 손을 씻고 식탁에 앉으세요!"

"다들 대장님 말씀 들었지? 손 씻으러 가자!"

식사 내내, 아빠는 '바보 얼간이' 같은 고객이 끝내 회의장에 나타나지 않은 탓에 회의가 취소되었다며 역정을 냈다. 그리고 자신이 어떤 현명한 방법으로 어떻게 눈보라가 거세지기 직전에 무사히 도착할 수 있었는지 이야기해 주었다.

우리는 아빠의 말에 귀 기울이는 척 미소 지으며 최대한 자연스럽게 보이려고 했다.

하지만 나는 카르보나라가 도저히 목구멍으로 넘어가지 않아 포크로 애꿎은 음식만 쑤셔 댔다.

"집에는 별일 없었지?" 아빠가 한 사람씩 쳐다보며 물었다.

놀랍게도 엄마가 앞장서서 대답했다. 고개를 빳빳이 들고 아빠의 눈을 똑바로 보면서.

"안타깝게도 일이 하나 있었어요."

아빠가 놀라서 엄마를 쳐다보았다.

"어머니가 전화를 했어요. 당신한테 어머니의 친구이자 어릴 적 이웃에 살던 사라에 대해 얘기한 적이 있나 모르겠네요. 실은 할머니뻘인데, 제 대모였던 분이죠. 어머니가 외출할 때면 그분이 저를 맡아 주시곤 했어요……."

아빠는 손에 포크를 들고 엄마의 말을 가만히 듣고 있었다.

"그분이 지금 병원에 계세요. 혼자되신 지 꽤 되었고, 자식은 없어요……. 어머니는 제가 그분을 돌봐 드렸으면 하시더군요. 나도 그게 도리인 것 같고요. 당신은 어떻게 생각해요?"

언제부터인지 모르겠지만 엄마는 치밀하게 이야기를 준비하고 있었다. 나는 아빠에게 질문을 던지고 주도권을 쥐여 주는 엄마의 직설적인 화법이 너무 완벽해서 속으로 감탄했다.

아빠는 잠시 고민했다.

"나는 당신이 혼자 외출하는 건 반대야. 위험하잖아……."

"아이들을 데리고 갈게요." 엄마가 말했다.

아빠는 생각에 잠겨 엄마의 말이 들리지 않는 것 같았다. 그러다 어느 순간 입을 열었다.

"그런 사람 얘기를 들은 기억은 없는데……. 집안일과 아이들 돌보는 일을 소홀히 하겠다는 건 아니지? 음, 너무 깊이 관여하지는 않았으면 좋겠어. 알잖아, 아픈 사람 돌보는 게 얼마나 힘든 일인지. 책임감이다 뭐다 해서, 진료비에……."

엄마가 뭐가 걱정이냐는 듯 웃으며 말했다.

"사라의 남편은 해군 제독이었어요. 돈이라면 차고 넘치죠. 혹시라도 성가신 일이 생긴다고 하면 내가 상속자가 될걸요!"

아빠는 그제야 웃음을 되찾고 빵 한 조각을 씹으면서 고개를 끄덕였다.

"나쁘지 않군."

나와 누나는 서로를 쳐다보았다. 엄마는 정말 대단했다.

"그렇죠? 당신만 괜찮다면, 당신이 회사에 나가 있는 오후에 한두 시간 정도 말벗이 되어 드릴 겸 병원에 다녀왔으면 해요. 가끔 아이들도 같이 데리고 가고요. 아이들도 사라를 만나면 좋을 것 같아요. 사라가 아이들을 좋아하거든요."

아빠가 한참 동안 엄마를 바라보았다. 엄마는 늘 그렇듯이 시선을 아래로 떨구었다.

"당신이 꼭 가야 한다면, 아이들과 같이 가는 게 나도 마음이 놓이지. 당신이 혼자 밖에 있으면 내 마음이 편치 않아. 그러면 애들아, 너희도 사라 할머니를 잘 돌봐 드려서 상속자가 될 수 있도록 해 봐라!"

아빠가 웃으면서 말하곤, 이내 우리에게 조용히 해 달라고 하며 뉴스에 집중했다.

놀랍게도 작전은 성공적이었다.

부다페스트, 1944년 5월 6일

코바치 아저씨에게 무슨 일이 생긴 게 틀림없다. 안 좋은 일을 당했을지도 모른다는 생각이 들었다.

그렇게 다신 못 볼 줄 알았는데 어젯밤 아저씨가 돌아왔다. 심지어 식량도 구해 왔다. 그렇지만 아저씨는 한결 수척해진 모습에 얼굴은 누렇게 떠 있었다. 몸이 안 좋아서 기력을 회복할 때까지 아는 사람의 집에 숨어 지냈다고 말했다. 그러다 상태가 호전되어 우리가 떠나지 않았기를 바라며 돌아왔다는 것이다. 우리가 아저씨의 가족이고 우리 외엔 곁에 아무도 없다고도 말했다.

그날 밤, 우리는 가게 뒷방을 나와 그곳에서 멀지 않은 곳으로 거처를 옮겼다. 버려진 낡은 건물이었다. 코바치 아저씨가 다락방에 있는 가구 하나를 치우자 그 뒤로 문이 나타났다. 아저씨는 문 뒤의 공간으로 우리를 안내했다. 거기에는 다른 사람들과 어린 자녀를 둔 가족이 있었다. 그들은 두려움 가득한 눈으로 우리를 화성인 보듯 쳐다보았다. 남자 둘이 우리가 들어갈 수 있도록 도와주고는 가구를 다시 제자리로 옮겨 놓았다.

그 안은 창고 같았다. 침대는커녕 난로도 하나 없었다. 5월이라서 다행이라는 생각이 들었다. 추운 겨울이 오기 전에 모든 게 끝났으면 좋겠다. 그때까지 우리 모두 굶어 죽지 않기를 바랄 뿐이다.

병문안

다음 날 아침, 아빠는 운동하러 갈 채비를 하면서 운동화를 찾았지만, 아빠의 운동화는 어디에도 보이지 않았다. 구석구석 뒤져봐도 나오지 않자 아빠는 결국 짜증을 내기 시작했다.

"대체 어디 간 거야! 150유로짜리 새 운동화가 온데간데없이 사라지다니! 이 집에선 물건이 제자리에 있는 꼴을 못 봐. 누가 뭐래도 난 확실히 신발장에 넣어 두었다고, 제자리에 말이야!"

불행히도 물건 정리에 관해서라면 아빠는 누구보다 정확한 사람이었다. 아빠에게 모든 물건은 제자리가 있었고 열쇠든 뭐든 그것이 있어야 할 제자리에 없다면 불같이 화를 냈다.

언젠간 일어날 일이었다. 긴장된 분위기 속에서 숨이 막힐 지경이었다. 당황한 나, 누나 그리고 엄마는 신발이 사라진 경위를 모르는 척하며 사방을 뒤졌다. 나 자신이 위선적이고 비열하게 느껴졌다.

"그만!" 아빠가 소리쳤다. "다 소용없어, 여기 없으면 없는 거야. 믿을 수 없군, 귀신이 곡할 노릇이야! 다시 사면 그만이지, 돈이야 땅 파면 줄줄이 나오니까!"

"신발을 찾게 되면 전화할게요!" 엄마가 놀라울 정도로 대범하게 이렇게 말했다. "나도 이해가 안 되네요……. 당신이 체육관에 두고 왔거나 누군가와 대화하다가 가방에 넣는 걸 깜박했을 수도 있죠. 라커 룸 의자 밑에 있을지도 몰라요."

"그럴지도 모르지……."

아빠는 우리를 데리고 집을 나서면서 문이 부서질 듯 쾅 닫았다. 흥분은 조금 가라앉았어도 분노가 가시진 않는 모양이었다.

계단을 반쯤 내려가다 이웃에 사는 엘리오 아저씨와 마주쳤다. 며칠 전 엄마에게 무례하게 굴었던 그 사람이다.

"돌아왔군요……." 아저씨의 눈빛은 마치 코브라 같았다.

아빠는 엘리오 아저씨와 악수하며 인사말을 전했다.

아저씨는 며칠 전 궂은 날씨 이야기를 꺼내며 수다를 시작하려 했지만, 내가 재빨리 말을 가로막고 아빠에게 늦었다는 것을 상기시켜 주었다. 그렇게 그들은 인사만 나누고 헤어졌다.

심기가 불편한 아빠는 운전을 하면서도 양보해 주지 않는 다른 운전자들에게 욕설을 퍼부었다. 그런 인간들에게는 운전면허를 발급해 주면 안 된다고 역정을 냈다. 신호가 바뀌었는데도 바로 출발하지 않은 어느 여성 운전자에게는 더 심한 말을 했다.

단정하게 옷을 입은 누나를 학교에 내려 주고 아빠와 나 단둘이 남았을 때였다.

"이제 얘기 좀 해 볼까?" 아빠가 내 무릎을 툭 치며 말했다.

그 순간엔 심장이 쿵 내려앉는 것처럼 두려웠다.

"어떤 얘기요……? 아빠도 아시잖아요, 별일 없었던 거……. 눈이 와서 집에만 있었는걸요. 학교에도 안 가고……."

나는 창밖을 바라보며 기어들어 가는 목소리로 말했다.

"대화할 때는 눈을 마주 봐야지. 남자라면 그렇게 하는 거야."

그제야 고개를 돌려 아빠를 쳐다보았다. 다리가 후들거리고 입술에서 피 맛이 느껴졌다. 잠깐이었지만 다 털어놓고 싶은 충동이 들었다.

하지만 거짓말을 택했다.

"죄송해요, 옆에 지나가는 오토바이를 보고 있었어요……."

"정말 별일 없던 거 맞지?" 아빠가 내 속마음을 읽으려는 듯이 나를 똑바로 보며 말했다.

"네……." 나는 목이 메었다. "왜요?"

"그냥 좀…… 너희 엄마가 이상해서. 뭔가 달라."

"사라 할머니가 걱정돼서 그러겠죠……. 어떻게 보면 엄마를 키워 주신 분이나 다름없잖아요……."

얄팍한 거짓말로 아빠의 신뢰를 저버리고 부자 관계를 무너뜨리고 있다니. 나는 애써 아무렇지 않은 표정을 지었지만 눈물이 쏟아질 것만 같았다.

"사라, 그 노인네가 빨리 죽거나 회복해야 할 텐데. 너희 엄마가 병원에 왔다 갔다 해야 하는 게 영 맘에 들지 않아. 그래서 말인데, 네가 엄마를 따라다녔으면 좋겠구나. 그 둘이 무슨 대화를 하고 누굴 만나는지 잘 살피렴. 가는 길에 누군가 엄마한테 치근덕거리면…… 알지? 세상에는 나쁜 놈들이 득실거린단다. 엄마는 여전히 매력 넘치는 여자거든. 무슨 일이 있었는지 나중에 아빠에게 다 말해 다오."

나는 얼른 고개를 끄덕이고 차에서 내려 아빠에게 인사한 뒤, 다른 아이들 틈에 섞여 학교 안으로 들어갔다. 수업 시간에 선생님이 설명하는 소리가 귀에 들리지 않았다. 어느 순간 갑자기 공부도, 성적도 다 부질없다는 생각이 들었다. 속에서 분노가 끓어올랐다. 사라지고 싶었다. 엄마와 누나는 내게 거짓말을 부추겼고, 엄마를 학대하는 아빠는 내가 스파이 노릇이나 하길 바란다. 두 개의 불덩이 사이에 끼어 짓눌린 느낌이었지만 도망칠 곳은 없었다.

나는 아빠에게 내가 알게 된 사실에 대해 물어보고 싶은 충동에 휩싸였다. 그러면 아빠는 뭐라고 대답할까? 어떻게 반응할까? 화를 낼까?

그러다 너무 위험한 생각이라 판단하고 단념했다. 아무렇지 않게 평소대로 행동하는 것이 최선이란 생각이 들었다. 적어도 사롤타와 그로 인한 위험에서 벗어날 때까지는 말이다. 그렇다, 어서 빨리 그 일이 마무리되고 아빠를 상대로 계속되는 거짓말도 종지부를 찍어야 했다. 너무 위험했다.

나중에 안 사실인데, 아빠가 할머니에게 전화해 사라에 대해 물어볼 것에 대비해, 엄마와 할머니는 미리 통화로 입을 맞추었다. 이번만큼은 아빠의 말이 옳았다는 것을 인정할 수밖에 없었다. 여자들은 언제나 한통속이다.

* * *

우리는 면회 시간에 맞추어 병원에 도착했다.

병원으로 향하는 버스에서 내가 엄마에게 물었다.

"꼭 가야 할 이유가 있어요? 병원 말이에요. 병원에서 다 알아서 해 주잖아요. 아빠에게 거짓말까지 하면서 이래야 해요? 잘 아는 사이도 아닌데……. 이건 옳지 않아요……. 아빠에게 잘못하고 있는 거예요!"

"달리 방법이 없잖아." 마라 누나가 언제나처럼 엄마 편을 들며 끼어들었다. "아빠는 절대 허락하지 않을 거니까!"

그건 의심의 여지가 없다.

"하지만 우린 이미 할 만큼 했어요. 목숨도 살려 줬는걸요. 아빠를 속이기까지 하면서요. 어제 엄마가 그랬잖아요, 아빠는 훌륭한 사람이라고……. 그런데 왜 아빠를 속여요? 병원이나 사회 복지 서비스에 맡기면 안 돼요?"

엄마가 슬픈 표정을 지으며 나를 쳐다보았다.

"아무 말도 하지 말라고 했지, 거짓말을 하라고는 하지 않았어. 누나 말이 맞아……. 아빠는 고집이 세고 주관이 뚜렷해서 분명 사롤타를 도우려 하지 않았을 거야……. 거짓말을 하긴 했지만 선한 거짓말이잖니."

그리고 말없이 나와 누나가 옳고 그름을 따지며 옥신각신하는 것을 바라보고만 있었다.

방향 감각이라곤 눈곱만큼도 없는 나와 엄마를 이끌고 대형 병원에서 병실을 찾아낸 사람은 누나였다. 누나가 아니었다면 우리는 표지판을 따라 이리저리 헤매며 지나가는 사람들에게 수십 번이나 길을 물어봤을 것이다.

우리가 문을 열고 안으로 들어가자 혈색을 되찾고 젊어진 듯한 사롤타가 보였다. 엄마와 누나는 그녀에게 볼 키스를 하며 인사를 나눴고 나는 살짝 미소를 지으며 손을 흔드는 것으로 대신했다. 속으로는 지금 내게 일어나고 있는 일과 우리가 위험을 무릅써야 하는 것이 모두 그녀의 탓이라고 생각했다.

사롤타는 밥도 잘 먹고 목욕도 했지만 후식으로 나온 삶은 배를 먹지 못했다고 투덜댔다. 어린애처럼 투정을 부리며 자기만 빼고 여기 있는 사람들 모두가 배를 먹었다고 똑같은 말을 반복했다. 마치 대단한 불의를 고발하듯이 말이다.

우리는 어린애 같은 그녀의 투정을 웃어넘기며 침대 옆에 둘러앉았다. 사롤타는 팔에 꽂힌 주삿바늘이 빠지지 않도록 조심하며 몸을 일으켰다.

"나가고 싶구려……. 내 삶과 자유가 필요해요! 그런데 치료를 받지 않으면 죽을 수도 있대요." 그녀가 말했다.

'나도 당신을 만나기 전으로 돌아가고 싶어!' 내가 속으로 생각했다.

"지금은 관리가 필요해요. 혼자선 제대로 된 끼니도 못 챙기시면서. 특히…… 술이나 마시고 길거리를 전전하는 게 얼마나 몸에 나쁜데요. 곧 퇴원하실 수 있을 거예요." 엄마가 설명했다.

사롤타는 잠시 엄마를 쳐다보며 웅얼거렸다.

"부인은 꼭 그 사람 같아요……."

"네?" 엄마가 물었다.

나와 누나도 그게 무슨 말인지 의아해하며 그녀를 쳐다보았다.

사롤타가 우리를 보며 말했다.

"내가 너희만큼 어렸을 때, 나치가 내 고향 부다페스트를 점령했어. 유대인인 엄마와 나는 언제 죽을지 모르는 운명이었지. 그런데 매우 용감하고 지혜로운 이탈리아 신사가 우리를 몇 번이고 구해 주었단다. 그는 스페인 외교관인 척했지만, 사실은 아니었어. 자신의 목숨을 걸고 우리를 나치로부터 보호해 준 거야……. 그는 매일같이 목숨을 걸고 많은 사람을 구했어. 발레리아, 그 사람도 당신처럼 언제나 방법이 있을 거라고, 해결책을 찾을 거라고 말했지요……. 상황이 나아지지 않아 모두가 울고 있을 때도요."

엄마는 슬픈 표정으로 고개를 저었다.

"그랬으면 좋겠지만, 저는 부인을 구한 그분과는 달라요……. 나 자신도 구해 낼 줄 모르는 사람인걸요."

"때로는 남보다 자신을 돕는 일이 더 어려운 법이죠."

＊ ＊ ＊

두 사람은 맑게 갠 날씨 이야기를 잠시 나눴고 간호사는 우리에게 병원 매점에 가서 아이스크림을 먹고 있으라고 했다. 병실에 머무는 것은 우리의 건강에 좋지 않을뿐더러 규정에도 어긋나는 일이기 때문이었다.

엄마도 둘이 떨어져 있지 말고 누나와 함께 매점에서 기다리라고 말했다. 사롤타와 단둘이 이야기할 시간을 갖는 게 싫지 않은 모양이었다.

"아이스크림도 먹고 좋겠구나." 사롤타가 입맛을 다셨다. "나도 전엔 밥 먹기 전에 늘 아이스크림을 먹었지. 싸고 맛있으니까."

나는 간호사의 제안이 선뜻 내키지 않았다. 엄마를 혼자 두지 않기로, 또 엄마가 무슨 얘기를 하는지 엿듣기로 아빠와 약속했는데, 이렇게 되면…… 어떡해야 하지? 그런데 비극을 막으려면 나는 또다시 아빠에게 아무 말도 하지 않아야 한다. 그러니 차라리 여자들끼리 하는 말을 듣지 않는 편이 나았다.

우리는 복도에 있던 아저씨에게 길을 물어 매점을 찾아갔다.

"누나 말이 맞아……." 내가 가판대에 진열된 신문에서 시선을 떼지 않고 아이스크림을 먹으면서 말했다. "아빠는 성격이 강해. 과하다는 것을 스스로 깨닫지 못할 때도 있고……. 그런데 그것만 빼고 봐 봐. 아빠는 우리 집 가장이고 모든 것을 책임지고 있는 남자야. 엄마가 혼자 있으면 자꾸 문제가 생기는 거 누나도 알잖아, 별일이 다 생긴다고. 우리가 병실을 찾은 것도 기적인걸? 그것도 누나가 있어서 가능했지."

"진심으로 하는 소리야?" 누나가 황당하단 얼굴로 물었다. "보면 모르겠어? 엄마는 죄수나 다름없어. 집에서 한 발자국도 나오지 못하잖아. 그런데 대체 무슨 문제가 생긴다는 거야! 지금 나한테도 똑같은 일이 일어나려 하고. 아빠의 정신 상태가……."

"엄마는 그냥 나가기 싫어서 안 나가는 거야. 그리고 엄마가 갈데가 어디 있어? 엄마도 그렇지만 누나도 마찬가지야. 여자 혼자다니기에 세상은 위험해."

"너는 어쩜 그렇게 아빠랑 똑같니? 매일 수백만 명의 여자들이집 밖으로 나와 출근하고 아무 문제 없이 생활해. 아빠는 엄마를걱정하는 게 아니야. 끔찍하리만큼 질투가 심하고 모든 걸 통제하고 싶어 하는 것뿐이지. 엄마가 숨 쉬는 것까지도."

"누나도 열네 살이나 됐으니까 다른 친구들처럼 하고 싶은 거하며 살고 싶은데 아빠가 허락하지 않아서 그렇게 말하는 거잖아.아빠는 누나를 아끼고 훌륭한 여자로 자라길 바라는 뜻에서 그러는 건데."

"그만하자, 어차피 너랑은 말이 안 통해. 네가 여자가 되어 보지 않는 한 문제가 뭔지 절대 모를 거야."

나는 누나 머리채를 잡고 아빠에 대해 말한 것을 사과하라고하고 싶었지만 참았다. 나는 이를 악물고 '아이언맨' 만화책을 펼쳤다. 아이언맨의 강철 슈트가 탐났다. 아무것도 신경 쓸 필요 없는 천하무적이 되고 싶었다. 하지만……

우리는 눈을 마주치기는커녕 말 한마디 나누지 않은 채 책만 보다가 병실로 돌아갔다.

엄마는 붉어진 눈시울로 사롤타에게 인사를 하고 있었다. 두 사람은 서로를 꼭 껴안았다. 엄마는 코를 풀고 나서 마음을 가다듬었다.

"내일 봐요, 가능하다면……." 엄마가 말했다. "이제 정말 가 봐야 해요."

대체 왜 울고 있는 거지? 무슨 일이 있었던 거야?

누나가 몸을 숙여 사롤타에게 인사하는 동안 또 다른 젊은 간호사가 우리에게 다가왔다. 나도 엄마의 기분을 생각해 누나를 따라 사롤타에게 인사했다.

"할머님께 우리 말 좀 잘 들으시라고 말해 줄래?" 간호사가 장난스럽게 말했다.

엄마가 간호사와 대화를 나누는 사이에 사롤타가 나를 붙잡고 말했다.

"한 번 더 뽀뽀해도 되겠니? 우리 도미니크도 딱 너만 했단다. 너도 도미니크처럼 귀엽고. 우리 왕자가 너무 보고 싶구나."

그녀의 입술이 내 이마에 닿는 것이 느껴지자 나는 당황해서 재빨리 뒤로 물러났다.

사롤타는 그날 밤 우리 집에 들어왔던 노숙자와는 전혀 다른 사람이 되어 있었다. 이젠 정말 우리 할머니라고 해도 될 정도였다. 예전보다 더욱 친근하게 느껴졌다.

그래도 여전히 골칫거리였다. 어찌 됐든 엄마가 아빠를 속이고 내가 아빠를 배신한 것은 전적으로 저 노인 때문이니까.

문득 국제 홀로코스트 희생자 추모의 날에 다큐멘터리에서 본, 아우슈비츠 수용소에 갇힌 유대인들의 모습이 떠올랐다. 악취를 풍기는 이름 없는 부랑자로 전락한 어른들과 아이들. 사형 집행인들은 그들에게서 어떠한 연민도 느끼지 않는다.

우리는 다행히 늦지 않게 집에 돌아왔다. 장을 볼 여유도 있었다. 그런데 무슨 이유에선지 엄마는 냉장고에서 냉동 라자냐를 꺼냈다.

아빠가 사롤타의 소식을 물었을 때, 엄마는 집에서 라자냐를 만드느라 오늘은 병원에 가지 않았고 내일 갈 거라고 답했다.

아빠는 엄마의 대답에 흡족해하며 미소를 지었지만, 나는 배속이 뒤틀리는 느낌이 들었다.

맙소사, 우린 정말 **멋진 가족**이 되어 가고 있었다. 아빠를 제외하고 나를 포함한 모두가 거짓말쟁이가 되었다. 엄마가 가장 앞장서서 이 연극을 꾸미고 있었다. 나는 결과적으로 아빠가 최고라는 생각이 들었다.

다음 날, 학교가 끝나고 집에 돌아오니 엄마가 사롤타의 사진첩을 거실 탁자에 두고 유심히 보고 있었다. 사진첩 안에는 연필로 사롤타의 성이 쓰여 있있는데, 엄마는 그것을 노트에 따라 적고 사진에 적힌 글들을 모두 메모하기 시작했다. 뒷면에 '부다페스트, 2001'이라고 쓰인 사진에서 지금보다 조금 젊은 모습의 사롤타가 다섯 살 정도 된 손자 옆에서 환하게 웃고 있었다.

"뭐 하세요?" 누나가 물었다.

"사롤타의 가족을 찾아서 알려 주려고. 지금의 건강 상태로는 더 이상 거리를 전전하며 살 수 없다고."

"엄마! 부다페스트에 코로스메제라는 성을 가진 사람이 한둘이 겠어요? 그리고 우리는 헝가리어도 할 줄 모르잖아요."

"사롤타에게는 비밀로 하자." 엄마가 말했다. "우리가 가족을 찾고 있다는 걸 알면 안 돼. 그리고 언어는 걸림돌이 되지 않아."

사롤타의 의사와 상관없이, 엄마는 그녀의 가족을 추적했다. 가족들이 아직 살아 있는지, 그들에게 무슨 일이 있었던 건지 알아내려고 백방으로 노력했다.

나는 공부도 하고 숙제도 해 보려고 했지만 집중할 수가 없었다. 그럴 기분도 아니었다. 내가 아빠를 배신했고 속이고 있다는 생각만 들었다. 아빠는 무뚝뚝하고 엄격하지만, 변함없이 누구나 바랄 만한 최고의 아빠였다.

나는 결국 자석 다트를 가지고 놀기 시작했다. 있는 힘껏 표적을 향해 마구잡이로 다트를 던졌다. 몇 개는 벽에 맞고 튕겨 나갔다. 그 순간 나는 치밀어 오르는 화를 주체하지 못하고 울기 시작했다. 무엇이 진실인지 진심으로 알고 싶었다.

저녁 식사 때 아빠의 기분이 좋아 보였다. 밀라노에서 벌인 사업이 순조롭게 진행되고 있어서였다. 아빠는 상냥하고 유쾌하게 농담을 던지며 사라의 소식을 물었다.

"그래서? 우리가 결국 상속자가 되는 건가?"

모두가 웃는 즐거운 저녁 식사 시간이었다. 그런데 식사 후에 아빠와 엄마 사이에 무슨 일이 생긴 게 틀림없었다. 얼마 후에 방에서 두 사람이 말다툼하는 소리가 들렸다.

나와 마라 누나는 무슨 일이 생긴 건지 걱정이 되어 서로를 쳐다보았다. 그 말다툼이 있고 나서부터 엄마에게 극심한 두통이 생겼다는 것을 나중에 알았다. 그 뒤로도 두통은 가시지 않고 계속 엄마를 괴롭혔다.

* * *

다음 날 아침에는 엄마도, 아빠도 아무 말 하지 않고 조용히 아침 식사를 했다. 그러다 아빠가 갑자기 입을 열었다.

"오늘은 아무 데도 못 가. 당신과 마라는 집에 있어. 전화했을
때 둘 다 집에 없으면 그땐 가만있지 않을 테니까!"

이때 믿기 힘든 일이 벌어졌다. 엄마가 당당하게 고개를 들고
아빠의 눈을 쳐다본 것이다. 그리고 목소리가 떨리지 않도록 안간
힘을 쓰며 대답했다.

"그건 안 돼요. 당신도 알다시피 오늘은 사라가 있는 병원에 가
야 해요. 가겠다고 약속했어요."

나와 누나 몸이 덜덜 떨렸다.

아빠는 엄마를 빤히 보다가, 딱딱하게 말했다.

"못 들은 걸로 하지. 오늘 어떻게 해야 하는지 난 이미 말했어."

"약속했다고요. 그리고 매일 집에만 붙어 있는 것도 지쳐요."

아빠가 벌떡 일어나더니 엄마 앞으로 가서 엄마의 팔을 부여잡
았다. 그리고 악을 쓰며 잡은 팔을 흔들었다.

"꼭 이렇게까지 해야겠어?! 애들 앞에서 내 말을 무시하다니!
지쳐? 뭐가 그렇게 지쳐? 어디 들어나 보지. 말해 봐! 뭐가 그렇
게 지치신다고요, 부인?"

누나가 끼어들었다.

"아빠, 그렇게 잡으면 엄마가 아프잖아요!"

아빠는 엄마를 벽 쪽으로 밀치며 놓아주었다. 아빠의 화가 난

얼굴은 붉게 달아올랐고 눈빛에도 분노가 가득했다.

엄마는 숨을 헐떡이면서도 아빠를 향해 똑바로 외쳤다.

"난 병원에 갈 거예요! 죽는 한이 있어도. 당신은 손이나 치켜들고 위협할 줄만 알죠! 난 지쳤어요, 지쳤다고요. 더는 못 하겠어요! 사라는 내 도움이 필요해요. 그러니 가게 내버려 둬요!"

아빠가 돌아서서 엄마 앞으로 성큼성큼 걸어갔다. 그리고 공중으로 손을 들어 올려 엄마를 때리려는 동작을 취했다. 엄마는 공포 서린 눈으로 아빠를, 그다음엔 걱정스럽게 우리를 바라보았다. 아빠도 엄마의 시선을 따라갔다. 나는 흥분한 눈빛으로 숨을 거칠게 쉬고 있는 아빠를 보았다. 아빠가 우리를 차례로 돌아보고는 손을 내렸다. '헐크'가 분노를 가라앉히고 녹색 괴물에서 사람으로 돌아올 때처럼, 아빠도 분노를 진정시키려고 애썼다.

누나는 엄마를 보호하려는 듯 달려가 엄마를 감싸 안았다. 아빠가 그런 누나를 쏘아보았다. 방금 갈아입은 아빠의 셔츠는 갈기갈기 찢기진 않았지만 등 쪽에 땀이 흥건했다.

"서둘러!" 아빠가 소리쳤다. "쇼는 이제 끝났어. 가자, 늦었어!"

아빠는 셔츠 깃을 정돈하며 마음을 가라앉혔다. 그리고 현관에서 다시 한번 엄마를 쳐다보고 위협적인 어조로 말했다.

"용기가 있으면 어디 한번 마음대로 해 봐!"

그러고는 우리에게 먼저 나가라고 한 뒤 아빠도 문을 쾅 닫고 나왔다.

 "미쳤군." 아빠가 계단을 뛰어 내려오며 혼자 중얼거렸다. "정신이 나갔어……."

부다페스트, 1944년 6월 16일

　우리가 살고 있는, 아니 간신히 목숨을 부지하고 있는 다락방 창고의 입구 반대편에는 창문이 하나 있는데, 너무 낮아서 바짝 엎드려야 밖을 볼 수 있었다. 하지만 나와 발로그 아저씨의 아이들은 그럴 필요가 없었다. 어른들은 우리에게 밖에서 보이지 않게 조심하라고 당부했다. 발각되면 큰일이니까. 그 때문에 우리는 평소에도 최대한 말을 아꼈고 아이들도 싸우거나 울 수 없었다. 그럴 낌새라도 보이면 겁에 질린 어른들이 바로 달려들어 입을 틀어막기 일쑤였다.

　창문은 큰 광장을 향해 나 있었다. 드문드문 보이는 행인들을 관찰하는 것은 재밌다. 하지만 흑기사가 보이면 우리는 겁에 질려 바로 뒤로 물러났다. 나뭇가지 사이에 지은 둥지에 숨어 있다가 고양이가 지나가면 뒤로 움츠러드는 참새들처럼.

어느 날 저녁, 밖에서 들리는 비명과 박수 소리에 잠에서 깼다. 지쳐 잠든 엄마를 제외한 나머지 사람들은 낮은 지붕 밑으로 기어 들어가 창문으로 광장을 내려다보았다. 나도 그 사이에 꼈다. 어른들은 내게 조용히 하라는 신호를 하고 내가 밖을 볼 수 있도록 자리를 내주었다.

광장 한가운데에 거대한 불이 활활 타오르고 있었고, 흑기사와 부르주아들이 소가 끄는 수레에서 수백 권의 책을 꺼내 그 불구덩이에 던지고 있었다. 주위를 에워싼 사람들은 박수갈채를 보냈다.

많은 이들이 창밖으로 몸을 내밀고 그 광경을 지켜보고 있었다. 누군가는 숨죽였고, 누군가는 웃고 떠들었다. 흑기사들은 사람들에게 서두르라고 명령하며 분주하게 움직였다. 불길은 점점 더 높이 치솟았다. 쌓여 있는 얇은 책들은 붉은 불씨로 변해 더욱 황홀하고 무섭게 타올랐다. 그건 파괴를 일삼는 거대한 악마의 형상 같았다.

발로그 아저씨가 흐느껴 울었다. 다른 사람들도 슬픈 표정을 지었다.

"저건 우리의 책이고 우리의 문화야······." 아저씨가 나의 마음속 질문에 답하듯이 중얼거렸다. "저들은 우리를 파괴하고 말살하는 것도 모자라, 우리의 흔적마저 모조리 불태우고 있어······."

나는 기도했다. 발로그 아저씨 말이 맞았다. 어젯밤 책을 모조리 불태우던 열정과 분노는 분명하게 말하고 있었다. 그들이 우리도 불태우려 한다는 것을. 그들은 기어코 그렇게 하고 말 것이다.

진실

우리는 서둘러 계단을 내려갔다. 마라 누나는 코를 훌쩍거리며 울고 있었고, 나는 로봇처럼 계단을 하나씩 내려오면서, 내가 어떠한 행동도 말도 하지 않은 채 그저 넋 놓고 아까까지의 상황을 구경만 했다는 사실을 곱씹었다.

목이 타들어 가는 느낌이었다. 내 안에 벽돌이 하나둘 쌓여 차갑고 거대한 벽이 만들어지는 것 같았다. 아이언맨 슈트가 이 고통으로부터 나를 보호하기 위해 날아오는 상상을 했다. 하지만 그 슈트를 입는다 해도 난 버틸 수 없겠지. 난 아이언맨이 아니니까.

"그만 뚝 그치지 못해! 동생도 안 우는데……."

아빠가 차에 타면서 나를 흘긋 보고는 이어 말했다.

"난 네 엄마 털끝 하나 건드리지 않았어. 아무 일도 없었다고!"

한참 뒤에 아빠가 다시 입을 열었다.

"너희도 봤지? 엄마가 아빠 말을 거역하는 거. 사람이 하지 말라고 하면 하지 말 것이지······. 아주 미칠 노릇이다. 자꾸 겁도 없이 대들면 병원에 있는 그 늙은이를 창문 밖으로 던져 버리든가 해야지······. 내가 내 집에서 명령하는데 뭐가 잘못됐어? 아침부터 저녁까지 노예처럼 일해서 남 부러울 것 없이 살게 해 줬더니! 그런 남자라면 당연히 그럴 자격이 있고말고!"

학교 앞에 도착하자 누나는 인사도 없이 산산조각 낼 기세로 차 문을 닫고 내렸다. 영화에서처럼 "당신을 증오해!"라거나 "이 괴물!"이라고 외치는 것보다 훨씬 강력한 한 방이었다.

이제 차 안에는 나와 아빠 단둘만 남았다. 놀랍게도 나는 그 상황이 하나도 두렵지 않았다.

'이제 진실을 모두 알아야겠어.' 속으로 생각했다.

그래, 그래야 한다고 생각했다. 혼자만 아무것도 모른 채 화가 단단히 나 있는 아빠를 보니 마음이 아팠다.

"넌 무슨 할 말 없니?" 아빠의 목소리는 점점 고함으로 변했다. "너희 엄마가 이렇게까지 내 말을 거역한 적이 없었어. 대체 무슨 일이 있었던 건지 모르겠구나. 아는 게 있으면 말 좀 해 봐!"

"때려요?"

나는 차분하고 냉정하게 말을 뱉었다.

"엄마를 때리냐고요."

아빠가 급브레이크를 밟았다. 화가 난 뒤차 운전자가 우리를 지나쳐 가면서 욕설을 퍼부었다. 아빠는 전혀 신경 쓰지 않고 놀란 눈으로 나를 쳐다보았다.

"네 엄마가 그러디?" 언성이 더욱 높아졌다. "대답해! 엄마가 그렇게 말했냐고?! 이 지경까지 올 줄이야. 대체 무슨 일을 벌이고 있는 거야? 이간질이나 시키고!"

"아니에요." 아까까지의 용기는 어디 갔는지, 고개가 저절로 수그러졌다. "사실…… 엄마는 아니라고 했어요. 그런데 제가……. 그러니까 엄마가 어딘가 다칠 때마다……."

아빠는 세수하듯 손으로 얼굴을 쓸어내렸다. 조금 지나니 평정심을 되찾은 것 같았다. 아빠가 입을 열었다.

"니콜라…… 넌 아직 어려. 다 안다고 생각하겠지만 넌 인생에 대해 아무것도 몰라. 이제 진실을 말해 줄 때가 된 것 같구나. 혼자만 알고 있어. 듣고 잊어버리렴. 아무에게도 말하면 안 돼. 네가 상처받을 수도 있지만…… 그래도 알 건 알아야 하니까."

아빠는 생각을 정리하는 듯이 잠시 머뭇거렸다.

"너도 알다시피 엄마는 아름답고 섬세한 여자야. 하지만 네가 모르는 게 있지. 엄마의 건강이 좋지 않단다. 우울증이라고 하는,

여자들이 걸리는 병을 앓고 있거든. 우울증 약도 먹고 있고. 의사인 아빠 친구 조반니가 처방해 줬지. 엄마는 결혼하고 일을 그만둔 후로는 집 밖에 나가지 않았단다. 밖에 잠깐이라도 나가는 날이면 길을 잃고 겁에 질려서 아빠한테 전화를 했고, 그때마다 엄마를 데리러 가야 했지. 가끔 고비가 찾아올 때면, 엄마는 도망치려 하고, 짜증 내고, 아빠를 비난했어. 급기야 일부러 어딘가에 부딪쳐서 자해를 하기도 했고……. 그러면 아빠는 최대한 엄마를 진정시키려고 애를 쓴단다. 물론 방금처럼 화를 못 이겨 손이 올라가는 경우도 있어. 하지만 그건 엄마가 이성을 되찾게 하려는 것일 뿐, 때리려는 게 아니야. 아빠는 엄마를 돌보고 지키고 있는 거란다. 엄마를 아끼고 사랑하니까. 엄마에게 아무 일도 일어나지 않도록 관리하는 거야. 아빠는 너와 마라를 사랑하듯이 엄마도 사랑해……. 알겠니? 때로 아빠가 엄격해 보이기는 해도, 그건 전부 너와 마라가 위엄 있고 명예로운 사람으로 자랄 수 있게 애쓰는 거란다. 나는 바깥세상이 싫다, 니콜라. 네 눈에도 보이지 않니? 모든 것이 삐뚤어지고 도를 넘어섰어. 남녀가 뒤섞여 술을 마시고 마약 하고……. 내겐 너희를 보호할 의무가 있어. 우리 가족을 그런 해충들로부터 지킬 의무. 지금까지는 이 모든 걸 아빠 혼자 해 왔지만, 이젠 네 도움이 필요하다."

그 순간, 내 눈앞에 배트맨 복장을 한 아빠가 밤바람에 망토를 나부끼며 초고층 빌딩에 서 있는 모습이 그려졌다. 나는 조수인 '로빈' 같은 차림을 하고 그 옆에 서 있다. 그래, 나는 아빠의 '원더보이'다. 우리는 악에 맞서, 도둑과 살인마가 득실거리는 도시와 맞서 싸워야 한다.

하지만 이런 상상은 한순간에 흔적도 없이 사라졌다.

머리가 띵했다. 아이언맨 슈트는 더 이상 필요 없었다. 어떻게 세상에서 제일 멋진 남자를, 아빠를 의심할 수 있었던 거지? 엄마와 비로소 알게 된 엄마의 병을 생각하니 속이 쓰라렸다.

나는 아빠 어깨에 기대어 흐느껴 울기 시작했다. 넓은 아빠 품에 안겨서, 애프터셰이브 향에 취한 채 다시 한번 갓난아이처럼 무력한 존재가 되었다.

"죄송해요, 괜한 걸 물어서……."

"괜찮아, 별거 아냐……."

아빠는 내 머리를 쓰다듬고 꼭 껴안아 주었다.

"용기를 가지렴. 우리는 똘똘 뭉쳐야 해. 아빠는 네 도움이 필요하단다, 무슨 뜻인지 알겠어? 마라와 엄마를 보호하고 그들 자신으로부터 그들을 구해야 해. 여자들은 이상한 존재란다. 니콜라, 넌 진짜 여자를 몰라. 여자들은 걸핏하면 실수하고, 사고방식도 우리와는 달라서 잘 속아 넘어가지. 너무 늦으면 손을 쓸 수 없어……. 이제 가자, 이러다 지각하겠어."

장면들이 눈앞을 스쳐 갔다. 엄마, 엄마의 슬픔, 상처, 웃음.

'정말인가?' 나는 의문이 들었다. '여자란 전부 그런 걸까?'

그때 마침 학교 앞에 도착하지 않았다면 나는 아빠에게 사롤타에 대해 전부 털어놓았을 것이다. 엄마가 아빠 몰래 그녀를 데려와서 씻기고 집에서 재우기까지 한 정신 나간 사건에 대해서 말이다. 그런데 뭔가가 말문을 막고 있었다. 나는 차에서 내렸다. 무슨 생각을 해야 할지, 무엇을 믿어야 할지, 누구의 편이 되어야 할지 너무 혼란스러웠다.

* * *

그날 누나와 내가 집에 돌아왔을 때, 엄마는 다락방 계단에서 굴러 팔을 접질리고 머리를 부딪쳤다고 했다. 다락방에 뭘 하러 갔는지 이해가 되지 않았다. 누나는 엄마를 끌어안고 울다가, 이후에는 방에 틀어박혀 나오지 않았다.

문득 한 가지 생각이 스쳤다.

'아빠랑 싸우고 화가 나서 창문에서 뛰어내린 건 아니겠지?'

나는 두려움에 몸이 덜덜 떨렸다.

아빠는 나를 학교에 내려 준 뒤 바로 출근했으니 당연히 이건 아빠와는 관련 없는 일일 터였다. 아빠는 회사에서 엄마가 다쳤다는 연락을 받고 집으로 달려와 엄마를 응급실에 데려갔고, 내 내 곁을 지켰다고 했다. 그리고 엄마에게 어느 때보다 깊은 애정과 관심을 쏟았다. 그러다 회사에 다시 돌아가 봐야 한다며 엄마의 이마에 키스하고 집을 나섰다.

나는 엄마가 다 나을 때까지 집에서 푹 쉴 줄 알았다. 그런데 엄마는 아빠의 차가 집에서 멀어지는 것을 보자마자 이렇게 말했다.

"나갔다 올게. 샤롤타에게 가 봐야 해. 마라, 너는 집에 있으렴. 아빠가 전화하면 엄마는 두통이 심해서 약을 먹고 잔다고 해."

"이런 상태로 외출이라뇨? 엄마, 미쳤어요?" 내 입에서 그 말이 툭 튀어나왔다. 말을 채 끝맺기도 전에 그런 표현을 사용한 것을 후회했다.

"니콜라, 선택해. 아빠에게 전화해서 엄마가 외출했다고 이를지, 아니면 엄마와 함께 갈지."

"함께 갈게요!" 나는 냉큼 대답했다. 엄마를 혼자 나가게 둘 순 없으니까.

반면 누나는 당황해서 어쩔 줄 몰라 했다. 누나는 흐느껴 울었고 몸을 떨며 엄마에게 애원했다.

"엄마 안 돼요! 제발 가지 마세요……. 아빠가 돌아와서 엄마가 집에 없는 걸 알면, 돌아오기라도 하면……."

엄마는 마라 누나를 꽉 껴안아 안심시켰다.

"괜찮을 거야⋯⋯. 틀림없이 괜찮을 거야⋯⋯."

나는 엄마와 함께 집을 나섰다. 나는 엄마를 보호하는 동시에 통제해야 하니까. 나는 옳은 일을 하고 있었다. 이게 아빠가 부탁한 일이었다.

버스에서 나는 엄마에게 몇 가지 질문을 했다.

"어쩌다 넘어지신 거예요?"

엄마가 슬픈 표정으로 나를 쳐다보았다.

"니콜라, 그 얘긴 잊어버려. 별로 말하고 싶지 않구나."

스카프로 가린 엄마의 목에 멍 자국이 보였다. 저건 뭐지? 저것도 자해의 흔적일까? 나는 앞에 앉아서 엄마를 유심히 살펴보았다. 지난 십여 년간 내 앞에서 이상한 짓이라곤 한 적 없는 우리 엄마. 멍이 들 정도로 자해를 할 만큼 엄마의 상태가 좋지 않은 걸까?

전에 만났던 간호사가 또 이전과 같은 규정을 들먹였다. 12세 미만의 어린이는 병실에 입장할 수 없다는 규정 말이다. 그리고 이번에도 예외 없이 나를 대기실로 데려갔다. 엄마에게는 머리와 팔이 어떻게 된 건지 물으면서, 사롤타 옆에 빈 침대가 있으니 귀찮게 왔다 갔다 하지 말고 입원하는 게 어떻겠냐며 농담을 던졌다.

나는 병실에 들어갈 수 없어서 그날 오후에 엄마와 사롤타가 무슨 얘기를 나누었는지, 엄마가 넘어졌다는 얘기를 듣고, 또 붕대를 감은 모습을 보고 사롤타가 어떤 반응을 보였는지 알 수 없었다. 나중에 듣기로는, 그날 둘은 서로가 살아온 인생에 대해 이야기를 나눴으며, 사롤타가 부다페스트에 살던 어린 시절, 전쟁 중에 겪은 끔찍한 이야기를 들려주었다고 한다.

엄마는 내게 뭐라도 사서 읽고 있으라며 돈을 쥐여 주었다. 나는 새로 나온 '마블' 만화책과 아이언맨 만화책을 하나씩 사 읽었다. 다 잊고 아무것도 신경 쓰고 싶지 않아서 읽는 데만 집중했다.

잠시 뒤, 나도 심장 대신 '아크 원자로'[14]가 있거나 '판타스틱4'의 멤버인 금발 여자처럼 투명 인간이면 좋겠다고 생각했다. 정말 간절했다. 갑자기 어디선가 나타나 화난 얼굴로 복도를 성큼성큼 걸어오는 아빠를 봤기 때문이다…….

아빠가 내 앞으로 와서 위협적으로 물었다.

"어디 있니?"

"병실 안에요, 사라 부인과 함께 있어요……." 떨리는 목소리로 겨우 답했다. "불러올까요?"

"왜 내가 시킨 대로 엄마와 함께 있지 않는 거지?"

"제가 열두 살이 안 됐다고 간호사가 못 들어가게 했어요."

아빠는 뒤돌아 병실로 걸어갔다. 뛰어난 후각으로 길을 찾아가

---

14) 마블의 슈퍼히어로 아이언맨이 부상으로 제 기능을 잃은 심장을 움직이게 하고, 슈트를 작동시킬 때 사용하는 에너지원 _편집자 주

는 초능력자처럼 정확한 방향으로 향했다.

"어차피 그 둘은 요리법과 당뇨 얘기밖에 안 해요!" 나는 만회가 될까 싶어 아빠의 등 뒤에 대고 소리쳤다.

아빠는 지나가던 간호사를 붙잡고 사라 부인의 병실이 어딘지 물었다. 당연히 사라라는 이름의 환자를 알 길이 없는 간호사는 머뭇거렸다. 그때 간호사 뒤로 머리에 붕대를 감고 침대 곁에 앉아 있는 엄마의 등이 보였다. 아빠는 간호사가 뭐라 대답하기도 전에 곧장 그쪽으로 향했고, 나는 그 뒤를 따라갔다.

발소리에 뒤돌아 본 순간, 엄마 얼굴이 잿빛으로 변했다.

"안녕하세요, 부인!" 아빠는 사롤타를 보며 언제나처럼 정중하게, 하지만 차갑게 인사를 건네고는 엄마를 보며 말했다. "여보, 갑시다!"

사롤타는 아빠의 인사에 답하지 않고 그 속을 들여다보려는 듯이 날카로운 눈빛으로 쳐다보기만 했다. 그리고 완벽한 이탈리아어로 중얼거렸다.

"반가워요."

불안한 걸 넘어 공포에 질려 덜덜 떨던 엄마가 자리에서 일어나다가 가방을 바닥으로 떨어뜨렸다. 엄마는 가방을 줍지도 않고서, 황급히 사롤타에게 작별 인사를 하고 병실을 나섰다. 아빠는 나가기 전에 마지막으로 한 번 더 사롤타를 내려다보고는, 가방을 주우려 허리를 숙이고 있던 나를 불렀다.

"가자!"

"네, 가요!"

나는 마음을 졸이며 발뒤꿈치로 *그것*을 침대 밑으로 쓱 밀어 넣었다. 엄마의 가방을 집으려고 몸을 숙였을 때 튀어나와 있던 그것……. 아빠의 운동화였다.

아빠는 빠른 걸음으로 앞서가는 엄마를 쫓아 벌써 저만치 가고 있었다. 아빠가 신발을 보지 못했기를 바랐지만 확신은 할 수 없었다. 그래도 다행이었다. 아빠가 사롤타와 몇 마디 주고받기라도 했다면 그녀가 이탈리아인이 아니라는 것이 금방 들통났을 것이다. 생각만으로도 아찔했다.

차 안에서 아빠는 아무 말도 하지 않았다. 뒷좌석에 앉은 엄마도 마찬가지였다. 엄마는 머리에 붕대를 감고, 팔에는 깁스를 하고, 다시 목줄에 매인 강아지처럼 슬픈 표정을 지으며 집에 돌아가는 내내 차창에 머리를 기대어 창밖만 바라보았다.

"그렇게 얘기했는데 결국 내 말을 듣지 않았군." 아빠가 한숨 섞인 표정으로 말했다. "이젠 어떡해야 할지 모르겠어……."

아빠의 시선은 허공을 향해 있어서, 그게 내게 하는 말인지 엄마에게 하는 말인지 알 수가 없었다.

부다페스트, 1944년 8월 27일

8월의 햇살이 드리우자 무더위가 찾아왔다.

한창 밖에서 뛰놀고 배불리 먹어야 할 아이들은 야위고 파리한 모습이었다. 어른들은 저녁이 되면 모아 놓은 공금을 들고 나가 목숨을 걸고 식량을 구하러 다녔다.

발로그 아저씨의 어머니가 돌아가셨다. 연세도 많았고 끼니도 제대로 챙겨 드시지 못했다. 어머니가 돌아가신 후 아저씨는 무척 힘들어했다.

장례를 치를 수도 없었다. 너무 위험했다. 아저씨와 코바치 아저씨 그리고 다른 두 남자가 한밤중에 담요로 감싼 시신을 들고 밖으로 나갔다. 그들은 폐허가 된 집들 사이에 있는 작은 마당으로 가, 돌아가면서 삽으로 구덩이를 팠다. 그러고는 짧게 기도를 한 다음 시신을 땅에 묻었다.

그걸 보면서 나도 모르게 입이 하나 줄었다는 생각이 들었다.

나는 이기적이고 비열한 사람으로 변해 가고 있다. 이 전쟁으로 우리 모두는 흑기사가 되어 가는 중이었다.

쪽지

집에 도착했을 때, 아빠가 엄마와 할 얘기가 있으니 나와 누나에게 방에 가 있으라고 했다. 내가 아닌 엄마와 용건이 있다는 것에 다행이라 생각했다. 내가 그렇게 말렸는데도 사롤타 일로 문제를 일으켰으니, 엄마와 이야기하는 건 당연했다.

누나가 머뭇거리자 아빠가 화내기 전에 어서 방으로 가라고 소리쳤다.

"다들 내 말이 우습나 보지?" 아빠가 엄마를 무섭게 노려보며 말했다. "너희는 방에 가서 숙제나 해!"

우리는 방으로 가서 문을 닫았다.

마라 누나는 협탁 위에 있던 컵을 가져와 문에 대고는, 거기에 귀를 가져다 댔다. 나도 내 컵을 가져와 똑같이 따라 했다. 아빠 목소리가 들렸다. 무척 화가 난 목소리였다.

아빠는 대화 소리가 들리지 않도록 TV를 켰다. 그런데 TV 소리가 그다지 크지 않아서 드문드문 말소리가 들렸고, 무슨 말을 하는지 어느 정도 알아들을 수 있었다.

"그 젊은 의사가 나를 병실 밖으로 내보내고 나서 당신에게 무슨 말을 했는지 알아야겠어." 아빠가 단호한 어조로 말했다.

아까 아빠가 병실에 들이닥쳤을 때, 심상치 않은 분위기를 느꼈는지, 어느 의사 하나가 사롤타를 진료해야 한다는 핑계로 보호자인 엄마만 빼고 모두 나가라고 했었다. 아빠는 엄마를 기다리는 내내 금방이라도 폭발해 버릴 것 같은 얼굴을 하고 있었다.

"별거 아니에요······." 엄마 목소리는 모깃소리처럼 작았다. "무슨 말을 했길 바라는 거예요?"

"그리고 당신! 당신은 뭐라고 했어? 그 안에서 뭘 했는지 어서 말해!"

"의사가 잠깐 상태를 봐 준 것뿐이에요." 엄마가 당황해하며 말했다.

"그놈이 당신을 만졌어?"

"팔······ 팔만 만졌어요."

"의사가 당신이 어떻게 다친 건지 물었어? 그랬어?"

"그래요!"

엄마가 결국 울분을 터뜨렸다. 단 한 번도 아빠에게 언성을 높인 적이 없었는데.

"물어봤어요, 그래서요? 폭행을 당한 건지, 집에서 위협을 느끼고 있는 건 아닌지 묻던데요? 그 외에도 이것저것 물어보고요!"

"당신! 당신은 뭐라고 대답했어?" 아빠가 놀라며 물었다.

"늘 하던 대로 대답했어요. 나는 정말 행복해요! 세상에서 가장 행복한 여자예요. 제 남편은 세상에서 가장 애정이 넘치는 사람이고요!" 엄마가 비꼬듯이 말하며 악을 질렀다.

"조용히 해, 조용히! 목소리 낮추라고!" 이를 악물고 화를 참고 있는 아빠의 모습이 상상되었다. "그만 울어. 히스테리 그만 부리라고!"

그러고는 고성이 오가는 단계는 이제 끝났다고 생각했는지 TV를 껐다. 이번엔 부드럽게 엄마를 달래는 소리가 들렸다.

"그래, 잘했어. 의사들은 본인들 일이나 잘할 것이지 꼭 남의 가정사에 참견하려 든다니까……. 다음에는 조반니의 병원으로 가자. 그는 다른 이상한 놈들처럼 당신을 만지작거리지 않아."

그러다 엄마의 대답에 가슴이 덜컹 내려앉았다.

"다음은 없을 거예요. 당신이 또 내게 손대면 아이들을 데리고 떠날 거니까. 치료받아야 할 사람은 내가 아니라 당신이에요. 당신이야말로 병에 걸렸다고요. 그 병적인 질투가 정상이라고 생각해요?"

"지금 뭐라 그랬어?"

아빠의 위협적인 질문 뒤에 신음하는 소리가 들린 걸로 봐서, 아빠가 엄마 머리채를 잡고 목을 비튼 게 틀림없었다. 누나가 당장 뛰어들려고 문고리를 잡았다. 나는 그런 누나의 손을 잡고 기다리라는 신호를 했다.

"내가 당신을 얼마나 사랑하는지 모르겠어?" 아빠는 거의 애원하고 있었다. "확실한 건 당신이 아프다는 거야, 처음 만났을 때부터 그랬어! 당신은 제정신이 아니야!"

"그렇지 않아."

곧바로 다시 신음이 들렸고 침묵이 흘렀다.

"당신은 내 거야, 내 아내라고. 당신을 보살피는 사람은 나고, 나는 누구보다 당신을 사랑해. 내가 당신을 얼마나 사랑하는지 몰라? 허튼짓할 생각 마, 발레리아. 당신이 날 떠나면……."

아빠의 목소리가 너무 작아서 마지막 말은 듣지 못했다.

온몸에 소름이 쫙 끼쳤다. 누나의 말이 맞았던 건가? 아빠가 문제였나? 아니면 단순히 사랑이 도를 넘어선 걸까?

내 안의 아이언맨이 의식을 잃고 얼어붙을 만큼 차가운 바닷속으로 떨어지는 듯했다. 추락하면서 슈트가 해체되고 심장을 대신

하던 아크 원자로도 작동을 멈추어 이내 나 자신이 박살 나 버릴 것 같았다.

'크립토나이트'[15]에 힘을 모조리 빼앗긴 것 같은 긴장감 속에서, 묘한 침묵이 흐르는 이틀이 지나갔다. 식사 시간에 겨우 몇 마디 말만 오갔다. 아빠는 의사인 친구가 처방해 준 약을 가져왔다. 우울증 치료제였다. 엄마는 그 약을 별말 없이 받아먹었다.

* * *

지리 시험에서 4점을 맞았다. 예상치 못한 점수에 당황한 선생님이 실망한 듯 물었다.

"어째서 공부를 안 한 거니?"

나는 아무 말 없이 고개를 숙였다. 같은 반인 주세페가 내가 입은 아이언맨 티셔츠를 보고 웃으며 농담을 던졌다.

"선생님, 아이언맨은 슈트에 GPS가 달려 있어서 지리 공부를 할 필요가 없어요!"

다른 아이들도 따라 웃었다. 아빠가 이런 내 모습을 보면 뭐라고 할까 생각했다. 아빠라면 절대 자신을 비웃는 인간들을 참아

---

15) '슈퍼맨'의 능력을 제한하는 가상의 물질

주지 않았을 것이다. 나는 이를 악물고 골똘히 생각했다. 모두가 그 애의 농담에 맞장구치며 나를 비웃었다. 생각해 보면 별일 아니지만, 그날은 친구들이 비웃는 게 내 점수가 아닌 바로 나 자신이라는 기분이 들었다. 가치관의 차이로 사이가 틀어진(어느 쪽이 선하고 악한지 꼬집어 말할 수 없는) 두 슈퍼히어로처럼 싸우는 엄마 아빠에 대한 비웃음이라고……

나는 부모님을 사랑한다! 엄마와 아빠 모두를 사랑한다! 둘 중한 명을 고르라는 건 마블과 DC 코믹스의 히어로들 중에 어느 쪽이 더 멋진지 가려내라는 문제 같았다. 마블에는 아이언맨과 스파이더맨이 있고, DC 코믹스에는 배트맨과 슈퍼맨이 있다. 물론 내가 가장 좋아하는 히어로를 딱 한 명 꼽으라면 두말할 것도 없이 아이언맨이긴 해도, 히어로 전체를 놓고 고르기란 불가능했다. 아이언맨은 아빠처럼 세상에서 가장 강하고 냉정하면서도 의로운 영웅이지만……. 어쨌든 불가능했다.

쉬는 시간에 주세페를 찾아갔다. 그 애는 키가 작고 왜소한 체격만큼 연약한 아이였다. 생긴 건 교활한 쥐를 닮았다. 나는 화장실로 따라 들어가, 뒤에서 그 애의 머리채를 잡고 얼굴을 벽 쪽으로 밀어붙였다.

"무슨 뜻으로 그런 소릴 한 거야? 똑똑하고 재치 있어 보이고 싶었어?" 내가 흥분해서 쏘아붙였다.

"농담한 거야, 왜 그래! 니콜라, 농담이라고!"

주세페가 나를 돌아보며 변명했다. 도살장에 끌려온 소처럼 겁에 질린 표정이었다.

"건방지게 굴지 마!"

나는 무릎으로 주세페의 등을 찍어 누르며 얼굴을 벽 쪽으로 더욱 강하게 밀어붙였다.

힘센 초인이 된 것 같았다. 손에 엉킨 얇은 머리카락과 여자애 같이 가녀린 목. 그 순간 난 아이언맨이 아니었다. 난 〈얼티밋 스파이더맨〉에 나오는, 다른 아이들을 괴롭히는 불량 학생이었다. 힘없는 아이들을 찍어 누르는 양아치이자 겁쟁이였다.

"아악! 아파!" 주세페가 울먹이기 시작했다. "선생님한테 다 이를 거야!"

나는 주세페를 더욱더 세게 벽으로 밀어붙여서, 무릎으로 그의 척추를 으스러뜨리고 머리카락을 쥐어뜯고 싶은 충동을 느꼈다. 마치 그 애가 모든 악의 근원이라도 되는 것처럼.

하지만 나는 숨을 고르고 그를 놓아주었다. 아빠의 검은 안경을 쓰고 땀으로 범벅된 내 얼굴이 상상되었다. 그렇다, 그 순간 나는 아빠가 되어 있었다. 아빠와 똑같았다.

치밀어 오르는 화를 가라앉히는 게 얼마나 힘든 일인지 그제야 알았다.

주세페는 뒤돌아서 겁에 질린 얼굴로 나를 밀치고 도망갔다. 그러면서 나를 향해 소리쳤다.

"하나도 안 무섭지롱! 멍청이!"

나는 그를 쫓아가 그 애가 사과할 때까지 주먹으로 쥐어 패고 싶었다. 그런데 갑자기 피로가 밀려와서 관뒀다.

세면대에서 세수를 하고 거울에 비친 나를 바라보았다. 변신 후 본래의 모습으로 돌아온 창백한 헐크의 얼굴 같았다. 당연히 내 행동은 영웅답지 못했다.

* * *

그날 저녁, 식사 중에 아빠가 우리에게 말했다.

"너희 엄마는 몸이 좋지 않단다, 얘들아!" 그러고는 어떠한 반박도 용납하지 않겠다는 표정으로 엄마를 바라보았다. "잠도 잘 못 자고, 끈질긴 두통에 시달리지……."

아빠는 우리에게 엄마의 증상을 설명해 주며 인내심을 갖고 엄마를 보살필 것을 당부했다. 엄마는 아무 말 없이 아빠를 쳐다보았다.

요 며칠, 엄마는 불필요한 충돌을 피하고자 최대한 조심스럽게 행동했다. 그러나 아빠가 잠깐이라도 집에 없으면, 병원에 전화를 걸어 아직은 샤를타를 퇴원시키지 말아 달라고 의사를 설득했다. 그녀가 지낼 만한 마땅한 곳을 찾지 못했기 때문이다.

어느 오후에 나는 엄마가 조반니 아저씨가 처방해 준 알약을 싱크대 배수구에 버리는 것을 목격했다. 내가 엄마를 의아하게 쳐다보자 엄마가 말했다.

"엄마는 이런 거 필요 없어, 니콜라. 엄마는 우울증이 아니야. 그건 아빠의 생각일 뿐이지. 한때 너무 슬프고 외로워서 아빠의 말을 그대로 믿은 적도 있었단다. 그 약을 먹으면 감각이 둔해지면서 차분하고 온순해졌어. 수년간 그렇게 지냈지……. 니콜라, 엄마는 이제 맑은 정신으로 살고 싶어. 정신이 맑아야 뭐라도 바꿀 수 있잖니. 아빠는 도움이 필요해. 소유욕이 강하고, 질투에 눈이 먼 데다…… 폭력적이야……."

"하지만 아빠는 엄마를 정말 사랑해서 그러는 거예요." 내가 절망 가득한 눈빛으로 말했다. "뭘 바꿀 건데요? 바꿔야 할 게 있기나 해요? 엄마, 아프면 치료를 받아야죠. 아빠는 엄마를 위해서 그러는 거잖아요……."

그리고 내가 마지막으로 덧붙였다.

"우리는 행복한 가족이고 아빠는 훌륭한 사람이라고 엄마가 그랬잖아요, 네? 그 말은 진심이죠?"

그러나 엄마는 내 말에 대답하는 대신, 침울한 표정으로 이렇게 말했다.

"엄마가 방금 한 말을 아빠에게 전하지 않겠다고 약속하렴."

그러면서 다치지 않은 팔로 나를 잡아당겨 내 머리를 쓰다듬으려 했다.

아빠가 그렇게 타일렀는데도 여전히 엄마 입에선 비밀과 거짓말이 난무했다.

나는 엄마의 손길을 뿌리쳤다. 두려웠다. 엄마가 대체 무슨 생각을 하는 걸까? 뭘 하려는 거지?

"그런데 몸은 괜찮아요?"

"가뿐하단다." 엄마가 내 이마에 뽀뽀를 하고 나서 전화기 쪽으로 향했다. "그냥 좀 지쳤을 뿐이야. 하지만 이제는 무슨 일이 있어도 두려워하지 않을 거야."

무슨 일이 있어도. 나는 그 말을 머릿속에서 되뇌어 보았다. 겁이 났다. 영화에서 본 대로 엄마 손에 쥔 전화기를 빼앗아 박살 내버리고 싶은 충동에 휩싸였다.

엄마는 내가 보는 앞에서 누군가와 장시간 통화를 하더니 외출 준비를 했다. 뭘 하려는 거지? 어딜 가려는 거지? 엄마를 못 나가게 막아야 할까?

엄마의 병이 정말로 모든 걸 망치려 들고 있다. 우리의 인생을 망가뜨릴 작정이었다.

그날은 학교 수업이 없는 토요일이었기 때문에 나는 아빠와 약속한 대로 엄마와 함께 가겠다고 고집을 부렸다. 엄마가 돌이킬 수 없는 짓을 벌일까 봐 두려웠다. 엄마를 나가지 못하게 힘으로 제압하거나 아빠에게 몰래 전화해야 할 것 같은 마음이 들었다.

우리는 트램에서 내려서도 한참을 더 걸었다. 나는 엄마를 의심스럽게 쳐다보며 무슨 의도인지 파악하려고 유심히 관찰했다.

"여기가 어디예요? 어디 가고 있는 거예요?" 내가 물었다.

"조금 있으면 알게 될 거야. 해야 할 일이 있어." 엄마가 짧게 대답했다.

할리우드 여배우처럼 광대뼈를 덮는 선글라스를 쓰고 목에 스카프를 두른 엄마의 모습은 정말 아름다웠다. 머리를 감쌌던 붕대는 풀었고 이제 이마에 붙인 반창고와 팔의 깁스만 남았다.

창백한 얼굴과 대비되는, 검은 선글라스 너머 슬픈 눈. 반짝이지는 않지만 새로운 결심에 찬 눈. 엄마는 그 눈으로 이렇게 중얼거리고 있었다.

"더는 두려워하지 않을 거야……."

엄마가 뭔가를 두려워하고 있다는 생각은 해 본 적이 없었다. 나 역시도 그래 왔는데, 그 순간만큼은 두려웠다. 무거운 갑옷을 입고 살얼음판 위를 걷는 기분이었다.

우리가 도착한 곳은 인쇄소였다. 그곳에서 엄마는 사롤타의 사진을 복사했다. 사롤타가 아들과 며느리, 손자와 함께 있는 사진이었다. 나는 그걸 보고 별일 아니었다고 한시름 놓았다. 엄마가 생각지도 못한 일을 꾸미고 있다는 건 꿈에도 모른 채.

40대 정도로 보이는 남자 점원은 무척 친절했다. 그런데 왠지 그가 엄마에게 눈독을 들이는 것 같은 느낌이었다.

"괜찮아요! 겨우 한 장인데요, 뭘. 다음에 받을게요." 엄마가 가격을 묻자 이렇게 대답했다. 그러면서 환한 미소를 지었다.

"안녕히 가세요! 다음에 또 오세요!" 영수증을 건넬 땐 어딘가 엉큼한 태도로 두 번이나 이렇게 말했다. "또 오세요, 부인!"

나는 그런 그를 못마땅하게 쳐다보았다. 계산대에 있는 무거운 철제 연필깎이를 그에게 던져 버리고 싶었다.

그가 실실 웃으며 내게 윙크로 인사를 건넨 순간, 아빠의 말이 옳다는 것을 깨달았다. 엄마는 너무 아름다워서 혼자 밖에 내보내면 안 된다는 말. 엄마는 그의 치근덕거리는 시선을 외면하고 나의 손을 잡고 재빨리 그곳을 나왔다.

"얼간이!" 엄마가 중얼거리는 소리가 들렸다.

마침내 우리는 목적지인 큰 건물 앞에 도착했다. 이탈리아 국기와 비슷한 삼색기가 걸려 있었는데, 줄무늬가 세로가 아닌 가로로 된 점이 달랐다. 출입문 위에는 '헝가리 대사관'이라고 쓰인 동그랗고 파란 간판이 있었다.

안내 직원이 잠시 대기실에서 기다리라고 이야기했다. 벽에는 사롤타의 사진첩에서 봤던 것 같은 부다페스트 풍경을 그린 그림들이 걸려 있었다. 챙겨 간 만화책을 펴 볼 겨를도 없이, 이탈리아어를 완벽하게 구사하는 우아한 젊은 여성의 안내를 받아 어느 사무실로 들어갔다.

엄마는 그녀에게 상세하게 상황을 설명하고, 사롤타에 대해 알고 있는 정보를 모두 전달했다. 경찰이 실종자 명단을 확인하고 '코로스메제'라는 이름이 있다면 곧바로 추적을 시작할 것이다, 만약 실종 신고가 되어 있다면 가족과 연락이 닿는 건 어렵지 않다고 그 대사관 직원이 우리를 안심시켰다.

만약. 사롤타에게 가족을 찾아 주려는 우리의 노력은 모두 이 '만약'에 달려 있었다. 게다가 사롤타의 가족을 찾는다고 한들 모든 문제가 해결되거나 누군가 그녀를 떠안을 거라는 뜻은 아니었다. 엄마가 보살피고 관심을 쏟아야 할 대상은 우리 가족인데, 상관도 없는 사롤타에게 에너지를 낭비하고 있는 상황이 못마땅했다. 엄마가 왜 이렇게 이 일에 집착하는지 이해할 수가 없었다.

우리는 서둘러 이동하기 위해 택시를 탔다. 이번에는 사롤타가 입원해 있는 병원으로 향했다.

그런데 병원에 도착했을 때, 사롤타는 어디론가 떠나고 없었다. 간호사는 그녀가 그날 아침 약도 먹지 않고 퇴원했다고 말했다. 병원은 그녀를 붙잡아 두지 못했다.

엄마에겐 상당한 충격이었던 모양이다. 그토록 대가 없이 헌신한 결과가 잠적이니…….

"고집불통!" 엄마가 화를 내며 말했다. "가만 안 둬……. 가만두지 않을 거야……."

조용히 울면서 이상한 말을 중얼거리기도 했다.

"왜? 왜지? 그녀도 나를 버렸어……."

"걱정하지 마세요, 아시잖아요? 인슐린이 부족해서 멀리 못 갈 거예요. 죽거나 쓰러지면 바로 병원으로 실려 올 거고요." 간호사가 냉정하게 말했다.

"꼭 찾아야 해요."

엄마는 간절한 눈빛으로 간호사에게 전화번호를 알려 주었다. 응급실에도 번호를 전달했다. 도시에 병원이 이곳 하나만 있는 것도 아니고, 사롤타가 꼭 여기에 다시 입원하리란 보장도 없는데.

간호사는 엄마에게 인슐린과 혈당 측정기를 건네주며 사롤타를 발견했을 경우 혈당을 재는 방법을 설명해 주었다.

볼일을 마치고 병원을 나서려는 순간, 간호사가 엄마를 다시 불렀다.

"깜빡한 게 있어요."

"어떤 거요?"

"샤롤타 씨가 부인께 메시지를 남겼어요. 잠시만요."

그러고는 간호사실로 들어가서 서랍을 열고 반으로 접힌 메모지를 꺼내 왔다.

엄마는 쪽지를 읽더니, 곧 눈물을 닦으며 미소를 지었다.

"뭐라고 쓰여 있어요?"

엄마는 궁금해하는 내게 아무 말 없이 종이를 건넸다.

자유 없는 인생이 무슨 가치가 있겠어요?

고마워요.

샤롤타가

집으로 돌아가는 길에 산 여분의 혈당 측정기를 마지막으로 엄마의 비상금은 끝내 바닥나고 말았다. 나는 쓸데없는 돈 낭비를 했다고 생각했다.

"찾을 거야." 엄마가 말했다.

말도 안 되는 소리였다. 이렇게 큰 도시에서 무슨 수로 그녀를 찾는단 말인가. 작정하고 영영 사라진 샤롤타를 찾는 것은 건초더미에서 바늘 찾기이자, 빛보다 빠르게 달리는 것과 같았다.

엄마가 무슨 생각을 하든, 나는 그녀를 다신 보지 않아도 된다는 생각에 마음이 한결 편안해졌다. 샤롤타와 함께 모든 걱정이 사라졌다. 마치 처음부터 존재하지 않았던 것처럼. 결과적으로 나는 아빠에게 숨기거나 거짓말한 것이 없는 셈이 되었다.

이제야 모든 것이 제자리를 찾았다.

부다페스트, 1944년 11월 15일

어젯밤 나갔다 온다던 코바치 아저씨가 돌아오지 않았다. 발로그 아저씨도 마찬가지로 이틀이 지났는데도 돌아오지 않았다. 발로그 아저씨의 부인은 결국 눈물을 보였다. 우리도 마음이 편치 않았다. 이제 우리가 직접 식량을 찾아 나서야 한다. 다락방도 추운데 밖은 더더욱 춥다. 신께서 보우하시길, 지금까지 그래왔던 것처럼 우리를 보살펴 주시길.

분노

나는 안심하고 있었다. 하지만 내가 틀렸다. 누군가 사라진다 해도 그 사람이 지나간 흔적까지 지워지는 건 아니었다. 사롤타가 그랬다. 사실 생각해 보면, 그녀는 사라진 후에 더더욱 존재감을 드러냈다.

엄마는 집에 돌아오자마자 모든 노숙인 관리 기관과 무료 급식소에 전화를 돌렸다. 그러나 아무런 소득이 없자 깊은 시름에 빠졌다.

"이제 어떻게 해야 할지, 어딜 가야 사롤타를 찾을 수 있을지 모르겠구나……."

"할 만큼 했잖아요……." 누나가 곁에서 엄마를 위로했다.

* * *

　그날 오후, 퇴근하고 돌아온 아빠는 계단에서 우리의 부지런한 이웃, 엘리오 아저씨와 마주쳤을 것이다. 복수의 칼날을 갈고 있던 그는 때가 오기만을 기다렸으리라. 그것도 아주 오랫동안. 결전의 순간에 '조커'가 염산 탱크 위에 대롱대롱 매달린 배트맨과 로빈에게 했던 이 말을 가슴 깊이 새기고 있었는지도 모른다. '복수는 차갑게 식혀 먹을 때가 가장 맛있다'는 말을.

　"댁의 아내가 내게 무례를 범한 거 알고 있소?" 아마도 그는 아빠에게 이렇게 말했을 것이다. "어떤 여자가 댁에 왔었소. 웬 노부인이었는데, 당신 아내가 그녀를 쫓아 급히 계단을 뛰어 내려가더군요······."

　아빠는 인상착의에 관한 몇 가지 질문만으로 그 노부인이 병원에 있는, 아내의 대모라는 여자와 동일인이라는 것을 금방 알아차렸을 것이다. 질문을 하면 할수록 수상쩍은 냄새가 진동했겠지.

　그 길로 아빠는 계단을 내려가 병원으로 향했고 사라 부인을 수소문했을 터다. 그 과정에서 며칠 전 엄마를 찾아다니던 아빠의 모습을 목격한 바로 그 간호사와 마주친다. 그게 불행의 시작이다. 간호사는 엄마의 건강이 어떠냐며 아빠에게 말을 붙이고, 아빠의 계속된 질문에 아무 생각 없이 이런저런 이야기를 늘어놓았을 것이다.

"모르셨어요? 아내분이 말씀 안 하시던가요? 그 환자는 퇴원했어요. 아내분이 지극정성으로 챙겼는데⋯⋯. 노숙자들이 그렇잖아요, 신뢰할 수 없는 사람들이죠."

"노숙자요? 사라 부인의 남편은 해군 제독이라던데⋯⋯."

그 말을 듣는 순간 간호사는 뭔가 잘못되었다는 것을 직감했을지 모른다. 쓸데없이 많은 말을 떠벌린 간호사는 급한 업무가 있다는 핑계를 대고서, 엄마에게 안부를 전해 달라는 말을 끝으로 아빠와의 대화를 마무리 지었겠지.

그 이후의 상황도 거의 예상대로 흘러갔을 것이다. 더 이상의 설명은 필요하지 않았다. 아빠는 우리가, 가족이라는 사람들 모두가 자신을 속였다는 사실과 며칠 집을 비운 사이 자신이 동의하지 않은, 결코 허락할 리 없는 일이 벌어졌다는 것을 깨닫고는 화가 치밀었을 것이다. 그리고 집 앞에 도착해서 핸드폰으로 전화를 건 것이다.

그 전화를 받은 건 엄마였다.

"니콜라를 내려보내, 당장!" 아빠의 분노 어린 목소리가 수화기 너머로까지 들렸다.

"당신 안 올라와요? 안 들어올 거예요?" 엄마가 가냘픈 목소리로 물었다.

"우리는 이따 얘기하지……. 잔말 말고 지금 당장 니콜라를 내려보내! 용건이 있으니까!"

엄마는 불안한 표정으로 나를 돌아보았다.

"아빠가 집 앞인데, 지금 바로 차로 와 달라고 하네……. 들고 올라올 게 있는 모양인데 네 도움이 필요한가 봐……." 엄마는 떨리는 입술로 거짓말을 했다.

"알겠어요." 내가 침을 삼키며 말했다. 뭔가 심각한 일이 생겼다는 걸 직감할 수 있었다.

엄마가 다가와 나를 껴안았다.

"조심하렴……. 아빠가 화가 많이 난 것 같아. 무슨 일이 있어도 심기를 건드리는 행동은 하지 말고, 무조건 아빠 말이 옳다고 해……. 이 집에서 명령하는 사람은 아빠란 걸 느끼게 해 줘."

고분고분 따르고 있는 듯 없는 듯 행동하기, 아빠의 화를 돋우지 않기……. 이런 것들에 관해서는 엄마만 한 전문가가 없었다.

계단을 내려가는 동안 머리가 빙빙 돌고 다리에 힘이 풀렸다.

아빠의 검은색 SUV가 대문 앞에 세워져 있었다. 차 문이 열렸다. 아빠의 얼굴은 보이지 않았다.

몇 걸음 다가가기만 하는데도 심장이 목구멍으로 튀어나올 것만 같았다.

나는 영웅이 아니다. 이미 알고 있었지만, 그것이 현실이었다.

그래서 내가 슈퍼히어로를 좋아하나 보다. 나랑은 정반대인 사람들이니까.

나는 엄마처럼 관대하지도, 누나처럼 용감하지도 않았다. 엄마는 투명 인간처럼 말이 없지만 언제라도 사롤타의 목숨을 구할 준비가 되어 있다. 마라 누나는 원더우먼처럼 아빠의 불호령에도 아랑곳하지 않고 몸을 던져 엄마를 보호한다. 그리고 아빠는 녹색 괴물 헐크처럼 화를 주체하지 못하고 날뛴다. 그러면 나는?

난 아무것도 아니다. 나는 겁쟁이에다 누더기로 된 슈트를 입은, 지치고 무기력한 아이언맨이다. 아무 생각도 하기 싫어 만화책을 손에 꼭 쥐고 딱딱한 껍데기 속에 숨어 있는 아이언맨.

나는 그날 일을 아빠에게 전부 털어놓았다……. 아빠의 싸늘한 시선을 마주하자마자 모조리 고백해 버렸다.

아빠는 경멸 가득한 시선으로 나를 뚫어지게 보았다. 선글라스에 가린 분노에 찬 눈, 그 아래에 씁쓸한 모양을 짓고 있는 주름진 입이 보였다. 아빠가 손으로 거칠게 내 턱을 들어 올리지 않았다면 나는 고개 들 엄두조차 내지 못했을 것이다.

말을 하려고 하면 자꾸 눈물이 쏟아졌다. 몸이 덜덜 떨렸다.

아빠는 모든 상황 판단을 끝내고 차에서 내리더니, 조수석 쪽 문을 열어 내 팔을 거칠게 잡고 끌어내렸다. 한쪽 다리가 젖은 걸 보니 나도 모르게 오줌을 지린 모양이었다. 아빠는 대문 앞 주차

금지 구역에 차를 그대로 두고서 나를 계단으로 홱 잡아끌었다. 그러고는 내 팔을 꽉 부여잡고 두 계단씩 성큼성큼 올라갔다. 아빠의 걸음을 따라가기 벅찼다. 팔이 아프기도 했고 눈물이 쉴 새 없이 쏟아졌다.

현관 앞에 도착하자 아빠는 나를 보며 말했다.

"분명히 약속했었지. 하지만 네가 그걸 어겼어. 오늘부터 모든 게 달라질 테니 두고 봐!"

아빠는 엄마가 달려와 문을 열 때까지 손으로 현관문을 몇 번이고 두드렸다.

"무슨 일이에요?" 엄마가 겁에 질린 얼굴로 물었다.

아빠는 자루 던지듯 나를 집 안으로 밀쳤고 나는 엄마의 품으로 내동댕이쳐졌다. 공부하다 말고 뛰쳐나오는 누나를 본 아빠는 딸 역시 공범이라는 것을 눈치챘다.

"엄마랑 누나 때문이야! 두 사람 때문이라고! 나한테 억지로 시켜 놓고! 봐, 아빠가 나한테도 화났잖아! 내가 뭐랬어, 뭐랬냐고!" 나는 악을 쓰면서, 소파에 털썩 쓰러져 하늘이 무너진 것처럼 흐느꼈다.

이성을 잃은 아빠는 그야말로 헐크가 되었다.

먼저 다용도실로 가서 술을 가지고 나오더니, 욕실로 달려가 민첩하고 신경질적인 몸짓으로 욕조에 술을 붓고 라이터로 불을 붙였다. 그리고 목욕 가운을 불 속에 집어 던졌다. 가운은 불에 살짝 그슬렸을 뿐, 불이 옮겨붙지는 않았다.

그러고는 커다란 쓰레기봉투를 들고 왔다 갔다 하면서 화장실에 있던 슬리퍼와 목욕 가운, 빗, 칫솔, 비누를 닥치는 대로 쓸어 담았다. 그리고 손님방으로 건너가 마구잡이로 침대를 헤집어 놓으며 이불을 봉투에 처박았다.

아빠는 샤롤타의 흔적을 추적하는 사냥개처럼 온 집 안을 샅샅이 뒤졌다. 할 수만 있다면 집 전체를 불태워 소독하고 싶었을 것이다. 노숙자가 집에 들어왔다는 생각만으로도 불쾌하고 분노가 치솟았을 테니까. 엄마와 누나는 서로를 부둥켜안고 그런 아빠가 앞을 지나칠 때마다 흠칫흠칫 놀랐다.

아빠가 접시와 수저를 봉투에 담기 시작했을 때 엄마가 끼어들었다.

"대체 뭐 하는 거예요?"

그 말만을 기다렸다는 듯, 한 편의 드라마가 펼쳐졌다.

아빠가 엄마의 머리채를 잡고 소파로 밀쳤다. 그리고 비명을 지르는 엄마를 마구 때리기 시작했다. 엄마가 몸을 피하며 바닥을 기어가자 이번엔 엄마를 발로 힘껏 걷어찼다.

"뭘 하는 거냐고? 내가 뭘 하는 걸로 보여?!"

광분하는 아빠를 온몸으로 막아섰던 마라 누나 역시 아빠의 발에 수차례 걷어차였다.

그걸 본 순간, 공포와 함께 말로 표현하기 힘든 감정이 스멀스멀 피어올랐다.

나도 엄마와 누나에게 무척 화가 난 상태였다. 아빠에게 거짓말을 하게 만들었고 내 말을 무시했으니까. 나는 뭔가에 홀린 듯이 소파에서 일어나 바닥에 쓰러진 엄마와 누나에게 발길질을 퍼붓기 시작했다.

"이 두 사람이 그랬어요, 그렇게 하라고 시켰어요!"

나는 울면서 멈추지 않고 두 사람을 발로 걷어찼다. 겁에 질린 엄마가 나를 돌아보았을 때에야 제정신이 든 나는 울면서 엄마를 껴안았다.

아빠도 나의 돌발 행동에 깜짝 놀랐는지 그대로 멈춰서 숨을 거칠게 내쉬었다……. 그러고는 물건이 잔뜩 담긴 쓰레기봉투를 들고 문을 쾅 닫고 나가 계단을 내려갔다.

그제야 우리는 모두 자리에서 일어났다. 누나도 온몸이 쓰라리고 아팠을 테지만 훨씬 심하게 맞은 엄마를 먼저 챙겼다. 그리고 방금 일이 믿기지 않는다는 듯 나를 쳐다보고 말했다.

"너 미쳤어?! 소름 끼쳐! 넌 이제 내 동생도 아니야, 역겨운 놈!"

나는 미안한 마음에 무슨 말이라도 하려고 누나에게 다가갔지만, 누나는 뒷걸음치며 방으로 달아났다. 엄마가 나를 안아 주었고 우리는 소파에 앉아 흐느껴 울었다.

나는 떨리는 입술로 더듬거리며 말했다.

"죄송해요, 제가 왜 그랬는지 모르겠어요……. 죄송해요……. 너무 화가 났어요. 아빠에게 거짓말을 하게 했잖아요. 아빠는 이제 저를 보고 싶어 하지 않을 거예요. 저는 아빠처럼 되고 싶었는데……. 아빠가 저를 용서해 줄지 모르겠어요……."

"다신 폭력을 쓰면 안 돼! 절대로!"

엄마는 절망의 눈물을 쏟으며 힘 있게 내 머리를 쓰다듬었다. 그러고는 말이 없었다. 단 한 마디도. 엄마의 눈빛과 표정이 너무도 절망적이어서 나는 차마 쳐다보지 못하고 고개를 돌렸다.

맙소사……. 대체 왜 그랬지? 무슨 짓을 한 거야? 나는 벽을 탈 줄 아는 것도, 무시무시한 힘을 가진 것도 아니면서, 가장 사랑하는 사람들에게 폭력을 휘두르는 끔찍한 악당이 되어 있었다.

* * *

이번엔 아무도 응급실에 가지 않았다. 엄마와 누나의 몸에 생긴 상처를 뭐라 설명할 길이 없었기 때문이다. 아빠는 저녁 시간이 되어서야 돌아왔다. 엄마에게 줄 빨간 장미 한 다발과 우리의 선물을 들고서.

아빠가 내 옆에 오더니 진지한 얼굴로 말을 건넸다.

"드디어 깨달았구나! 네가 자랑스럽다! 누군가를 사랑한다면 그 사람을 돌봐야 할 의무가 있다는 것을 드디어 깨우쳤어. 그래, 여자는 남자 하기 나름이야. 우리가 잘 가르쳐야 하는 거란다. 여자들은 우리와 달라. 우리는 이성적이지만 여자들은 본능이 앞서지. 할아버지도 아빠를 그렇게 가르치셨어. 조그만 잘못이라도 하는 날이면 어김없이 허리띠를 빼 드셨다. 할머니에게도 예외는 없었고. 그래서 내가 할아버지를 얼마나 미워했는지 몰라. 나쁜 아버지라고 생각한 적도 있지."

아빠는 잠시 추억에 잠긴 얼굴로 말을 멈췄다가 계속했다.

"하지만 그렇지 않았어. 나중에야 할아버지가 옳았고 그럴 만했다는 걸 깨달았지. 할아버지는 가족이 엇나가지 않도록 일부러 더 엄격하게 구셨던 거야. 그래서 난 우리 아버지를 사랑했단다. 내가 한 번이라도 너희들을 때린 적 있니? 엄마에게는 소리를 지르고 팔을 세게 쥔다거나 손으로 살짝 친 적이 있을지 몰라. 하지만 그게 다 엄마 잘되라고…… 엄마를 위해서 그런 거야. 오늘 일도 그렇고, 알겠니? 틀렸다는 것을 짚어 주고 정답을 알려 주기 위한 거지, 결코 벌을 주거나 악의가 있어서 그런 건 아니란다. 사랑하니까. 이게 다 책임감이라는 거다. 그 노숙자 사건이 별거 아닌 것 같지? 하마터면 온 집 안에 벼룩과 이가 득실거릴 뻔했어.

너희들을 물거나 몸에 옮아서 병에 걸릴 수도 있었고. 그런데도 눈감아 줘야 했을까? 내 가족에게 그런 식으로 농락당했는데? 내 아들을 부추겨 내 등에 칼을 꽂고 거짓말까지 하게 했는데? 못 본 척 넘어가 줘야 했을까?"

내가 조용하자 아빠는 내 턱을 잡아 눈을 마주 보도록 돌렸다.

"아니요……." 나는 기어들어 가는 목소리로 대답했다.

"여자들이 기만하는 걸 알고도 가만히 있으면 남자가 아니겠지? 여자들의 세계에서는 말이다, 니콜라, 말도 많고 아첨이 난무하지만 해결되는 것은 아무것도 없단다. 이 세상은 썩을 대로 썩었어. 사내놈들은 마약에 취하고, 계집애들은 벌거벗고 돌아다니고, 부모들은 이혼하고, 결국 가족은 뿔뿔이 흩어지지. 하지만 우리 가족에게는 있을 수 없는 일이야. 내 아버지도 절대 그런 일을 용납하지 않으셨어. 우리 가족은 방향키를 제대로 잡고 있으니 절대 그럴 일 없을 거다. 우리 가족은 달라!"

아빠의 자랑스러운 연설이 끝났을 때, 엄마가 식사 준비가 끝났다는 것을 알렸다. 밥을 먹으면서 아빠는 다시 한번 자신이 관대한 남편이라는 것을 과시했다.

"미안해……. 너무 화가 났고 잘못을 알려 주는 게 옳다고 생각했어. 다들 내 입장이 되어 보면 이해할 거야. 그렇지만 이번에는 정말 큰 잘못을 한 거야. 나를 속이고 냄새나는 노숙자를 집 안에

들이다니. 내가 어떻게 생각할지 알면서……."

이렇게 말하는 와중에 다시 분노가 차오르는 게 느껴지자 아빠는 녹색 괴물로 변하기 전에 화제를 돌려 평온을 되찾아야 했다. 아빠의 말투는 다정했지만 엄마는 아빠에게 말 한마디 건네지 않고 냉담한 태도로 일관했다.

"다들 괜찮다면 아무 일도 없던 걸로 하지. 다신 이런 일을 벌이지 않겠다고 약속한다면…… 예전처럼 잘 지낼 수 있을 거야. 나는 이 집에서 일어나는 모든 일을 알아야 할 의무가 있어. 그 노숙자를 집 안에 들인 건 정말 위험천만한 생각이었어. 다들 잠든 사이에 해코지라도 할지 누가 알아. 그 인간이 도둑질한 게 내 신발뿐이기를 바랄 뿐이야."

나 역시 모든 것이 예전으로 돌아가길 진심으로 바랐다. 가능하다면 사롤타를 만나기 훨씬 이전으로, 조심성이 부족한 것 그 이상도 이하도 아닌 엄마가 있는 행복한 가족이었던 시절로, 호통을 치지 않고 엄마와 누나를 보살피는 것이 아빠에게 얼마나 어려운 일인지 깨닫기 전으로 말이다.

마라 누나는 이런 상황과 아빠의 죄책감을 이용해 저녁 식사 후에 베로니카의 집에 숙제를 하러 가도 되는지 물었다.

"물론이지, 다녀오렴. 당연히 니콜라와 함께 가는 거지? 동생을 집에 혼자 두고 싶진 않을 테니까."

아빠가 나를 돌아보고 윙크했다.

기분이 이상했다. 행복과 고통이 뒤섞인 느낌이었다. 아빠는 나를 용서했고 우리는 다시 한편이 되었다. 이번에는 아빠를 실망 시키지 않을 것이다, 절대로. 이번만큼은 반드시 내 의무를 다할 것이다.

우리 아빠는 여전히 세상에서 가장 멋진 아빠였다. 우리 가족이 아빠에게 한 짓을 누군가 똑같이 당한다면 분명 화내지 않고는 못 배길 것이다.

아빠와 내가 이렇게 든든하게 지키고 있으니 누군가 우리 집을 습격한대도 다른 사람들의 도움은 필요 없겠단 생각이 들었다.

누나는 그 일 이후로 나에게 말을 걸지도, 눈을 맞추지도 않았다. 누나를 따라나선 나를 완전히 투명 인간 취급했다. 말도 거의 걸지 않았다. 집을 나서면서 "가자, 멍멍아."라거나 베로니카 집에 도착해서는 "앉아, 멍멍아."라고 말한 것이 전부였다. 나는 신경 쓰이지 않는 척했다.

"네 동생도 왔네?" 베로니카가 물었다.

"아니, 감시견이야. 동생 따윈 없어!"

친구가 농담인지 아닌지 헷갈려 하며 누나를 쳐다보았다.

"그건 그렇고, 조심해. 가끔 물기도 하거든. 주인을 기쁘게 해주려고 그런 거야."

나는 달려들어 누나 머리채를 잡고 싶었지만 반응하지 않기로 마음먹고 만화책을 읽기 시작했다. 하지만 집중할 수가 없었다. 멋있고 이타적이며 다채롭고 관대한 슈퍼히어로들 때문에 머리가 어지러웠다. 그들 중 누구도 거짓말을 부추겼다는 이유로 가족에게 발길질을 한 사람은 없었다.

나는 마음이 불편하고 혼란스러워서 머리가 빙빙 돌았다. 화장실에 가서 저녁에 먹은 것을 전부 토했다. 머리가 고장 난 것처럼 아무것도 이해되지 않았다. 너무 괴로웠다. 내가 무엇을 얻고 잃었는지 알 수가 없었다. 베로니카와 누나가 숙제를 하는 동안 나는 거실에 멍하니 앉아 있었다. 알 수 없는 냉기가 온몸을 휘감았고 나는 깊은 한숨을 내쉬었다. 한숨은 이내 하품으로 바뀌어, 뒤섞인 감정으로 괴로워하다 결국 소파에 쓰러져 잠들었다.

부다페스트, 1944년 11월 18일

오늘 아침, 우리는 배가 무척 고팠다. 남자들은 오지 않고 아이들은 울고 음식은 동이 났다. 나와 엄마, 발로그 아저씨의 여동생인 마리나가 먹을 것을 찾아 은신처 밖으로 나갔다 오기로 결정했다.

바람에 흔들리는 낙엽처럼 바들바들 떠는 엄마를 혼자 보낼 수 없었다. 아무 도움도 되지 못할 게 뻔하니까. 엄마의 얼굴은 창백했고 볼이 움푹 패였다. 엄마가 내게 너무 바짝 붙어 걸어서, 엄마를 옆으로 밀어내며 움직일 수밖에 없었다.

거리에는 인적이 없었다. 아니나 다를까, 우리는 얼마 가지 않아 발각되고 말았다. 한 무리의 흑기사들이 어느 아파트에 숨어 있던 가족을 체포하던 와중에 우리를 발견했다. 총을 든 금발의 사내가 우리에게 고래고래 소리치며 그쪽으로 오라고 명령했다.

우리는 먼지바람을 맞으며 길거리에 한 줄로 섰다. 그곳에 있던 사람들은 어른과 노인, 어린아이들을 포함해 열 명 남짓 되었다. 흑기사들은 사람들을 거칠게 밀쳤다. 금발의 남자는 총구로 나를 찌르며 괴롭혔다. 내가 울면서 아프다고 말했지만 그는 멈출 생각이 전혀 없어 보였다. 오히려 만족한 듯 웃기까지 했다. 그 와중에도 엄마는 계속 나를 잡아당기며 빠르게 걸어갔다. 엄마는 이가 딱딱 부딪칠 정도로 두려움에 떨었다. 노인 한 명이 넘어지자 흑기사들은 그를 발로 차기 시작했다. 두 명의 남자가 달려가 노인을 부축하지 않았더라면 그는 아마 맞아 죽었을 것이다.

"우리를 어디로 데려가는 거예요? 어디로 가는 거죠?" 옆에서 고개를 푹 숙이고 걸어가는 여자에게 엄마가 용기 내어 물었다.

"게토,[16] 모두 게토로 데려가는 거예요. 그곳은 이미 포화 상태예요. 지옥으로 바로 가는 편이 나을지 몰라요……." 그 여자는 쳐다보지도 않고 웅얼거리며 대답했다.

---

16) 중세 이후의 유럽 각지에 마련된, 유대인을 강제로 격리하기 위한 유대인 거주 지역. 게토가 처음 등장한 13세기에는 유대인을 보호하는 목적으로 만들어졌으나, 제2차 세계 대전 당시에는 유대인 학살을 위해 이용되었다.

제자리

아빠가 옳았다. 모든 것이 예전으로 돌아갔다. 누나는 문제를 일으키지 않으려고 노력했고, 나는 누나가 가는 곳마다 따라다니며 감시했다.

"자, 차렷! '스타플릿'[17] 사령부! 보고하라!"

저녁마다 아빠가 장난스럽지만 위엄 있는 어조로 귓속말을 하면, 우리는 함께 거실로 가서 아빠는 안락의자에 앉고 나는 아빠 앞에 차렷 자세로 서서 경례했다. 그렇게 한바탕 웃고 나면 나는 의자 팔걸이에 걸터앉은 채 아빠에게 찰싹 붙어서 누나가 무엇을

---

17) 〈스타 트렉〉 시리즈에 등장하는 가공의 단체

하고 무슨 말을 했는지, 누구를 만났는지 등등에 대해 보고했다.

"그게 다지?" 아빠가 진지하게 내 눈을 바라보며 물었다. "이번에는 숨기는 거 없지?"

그림자처럼 따라다니며 우리 사이를 훼방 놓는 그 의심이 상처가 되기도 했다.

"없습니다, 총사령관님!" 내가 대답했다.

"그래야지!"

보고가 끝나면 아빠가 내 몸을 간지럽혔다. 우리는 순식간에 카펫 위로 굴러떨어져 한바탕 몸부림을 쳤다. 그 순간 나는 정말 행복했고 그것이 누나를 위해서 한 일이라 확신했기 때문에 일말의 죄책감도 들지 않았다.

그러나 며칠째 투명 인간 생활을 하고 있는 엄마에게만은 그렇게 말할 수 없었다.

엄마는 슬프고 멍한 표정으로 집안일을 했고, 점점 더 잦은 두통에 시달렸으며, 혼자 방에 있는 시간이 많아졌다. 잠을 자거나 내내 천장을 바라보며 누워 있는 것 말고는 아무것도 하지 않았다. 엄마가 사롤타의 사진첩을 뒤적이는 것도 종종 보았다. 누군가와 통화하는 모습은 보이지 않았지만 우리가 학교에 간 사이에 새로운 대화 상대를 찾으며 어딘가로 전화를 걸었을 수도 있다. 하지만 아무도 모르게 외출을 감행했을 거라는 생각은 들지 않았다. 아빠가 하루에도 수십 번씩 집에 전화해서 엄마가 있는지 확인했으니까.

엄마는 예전처럼 아무 반응도 보이지 않는 무기력한 사람으로 돌아왔다. 다만 이젠 예전과 달리 방에 있을 때건 함께 모여 식사를 할 때건 애써 괜찮은 척을 하지 않았고, 우리 가족이 얼마나 행복한지 강조하지도 않았다.

힘들어도 전혀 내색할 줄 모르고 보호 본능과 눈속임이 뛰어난 엄마 덕분에 어릴 적 내게 우리 가족은 완벽한 장식품 같았다. 지금은 접착제로 겨우 붙여 놓은, 깨진 유리잔 같았다. 이음새에 보이는 균열은 금방이라도 다시 부서질 듯 위태로웠다. 아름다움의 베일이 벗겨졌다. 엄마가 아프든 아니든, 아빠가 옳든 아니든 한 가지는 확실했다. 우리 가족은 행복하지 않다. 어쩌면 애초에 행복했던 적이 없었는데 그걸 깨닫지 못했던 걸 수도 있다. 그래서 엄마가 우리는 행복한 가족이라고 수도 없이 말했나 보다. 엄마 스스로를, 또 주변을 그렇게 속이면서 우리를 보호하기 위해서 말이다.

나는 우리 가족의 사진첩을 넘기며 화목한 미래를 약속하던 시점의 젊은 부모님을 상상해 보았다. 나는 엄마의 눈에서 사랑이 주는 기쁨과 생기가 사라지기 시작한 최초의 순간을 찾고 싶었다. 아빠가 말로 표현할 수 없을 정도로 질투하고 구속하기 시작한 건 언제였을까? 언제부터 엄마 삶의 반경이 나날이 좁아져 숨이 막힐 지경에 이르렀을까? 엄마는 왜 자신의 능력과 아빠의 넘치는 사랑에도 행복을 느끼지 못했을까? 그렇게 오랜 세월을 버텨 왔는데 왜 갑자기 달라진 걸까? 어쩌면 엄마가 더는 우리를 사랑하지 않을지도 모른다는 생각이 들었다. 우리보다 헝가리에서 온 그 늙은 노숙자를 더 사랑할지도. 기분이 좋지 않았다. 기분이 더럽고 질투가 났다. 아빠가 옳았다는 것을 다시 한번 깨달았다. 여자들은 너무 변덕스럽고 신뢰할 수 없는 존재이기 때문에 끊임없이 사랑을 요구하고 늘 부족함이 없도록 통제해야 한다.

나는 그렇게 생각할 수밖에 없었다. 엄마가 아픈 게 아니라면 아빠와 내가 틀린 거니까. 그렇지만…… 엄마와 누나의 말이 옳다면, 그때는 내가 그들이 갇혀 있는 새장을 열고 연약한 한 쌍의 카나리아처럼 멀리 날아가도록 해 주어야 한다. 새장 밖에서 고양이의 공격을 받거나 차에 부딪히게 될지라도 그래야 한다.

* * *

며칠 뒤, 엄마의 침대에서 천을 뒤집어쓴 여자가 표지 모델로 나온 잡지 한 권을 발견했다. 머리부터 발끝까지 온몸을 검은 천으로 뒤덮어 꼭 종 같았고, 눈 부분은 망사로 되어 있었다. 사진의 제목은 이랬다. '부르카 너머에 — 탈레반 추방 10년 후 아프가니스탄 여성의 실상'.

나는 기사를 읽고 여자들은 슈퍼히어로처럼 변장해야 하고 남자들만 밖을 돌아다니는 나라가 있다는 것을 알게 되었다. 그 나라에서 여자들은 집에서 나오지 않고 여자들끼리 아니면 어린아이들과 함께 지내고, 외출할 때는 그들을 아이스크림콘으로 둔갑시키는 '부르카'라는 옷을 입는다. 나는 여자들이 없는 세상과 이웃의 얼굴도 모르고 사는 세상을 상상해 보았다.

'음, 아빠는 그런 세상을 좋아할지도.'

하지만 난 아니다. 여자가 없는 세상까지는 꿈꿔 보지 않았다.

마라 누나가 슬그머니 내 뒤로 와서 내가 무얼 읽고 있는지 살폈다.

"뭐 해, 공부해? 영감이라도 받는 중이신가? 중세로 회귀할 새로운 아이디어라도 있어?" 누나가 톡 쏘며 말했다.

정말 오랜만에 말을 걸어 온 것이었지만, 나는 엄마의 잡지를 덮고 누나의 말을 무시했다.

그때 전화벨이 울렸다. 누나가 받았다. 당연히 하루에도 수십 번씩 걸려 오는 아빠의 감시 전화일 거라 생각했다. 그런데 그건 병원에서 엄마를 찾는 전화였다.

"엄마!"

누나가 큰 소리로 불렀지만, 힘겹게 침대에서 몸을 일으켜 멍하니 앉는 것이 엄마의 최선이었다. 최근에는 거의 먹질 않아 상당히 야윈 모습이었다.

병원에서 걸려 온 전화라고 하자 엄마는 그제야 단숨에 달려왔다. 엄마가 오랜만에 입을 열었다.

"갈게요! 지금 당장 갈게요."

엄마가 전화를 끊고는 상황을 설명했다.

"사롤타가 병원에 실려 왔대. 시내에서 의식을 잃고 쓰러져서 누군가 구급차를 부른 모양이야. 가야겠어, 다녀올게!"

"아빠가 전화하면 어떡해요?" 누나가 물었다.

"마라, 네가 집에 있다가 아빠가 전화하면 엄마는 잠들었다고 말해 줘."

내가 문을 막아서면서 다시 그때의 장면이 재현되었다.

"안 돼요! 나가지 마세요! 아빠에게 또 거짓말할 순 없어요. 우린 이미 그 노숙자 때문에 혹독한 대가를 치렀잖아요!"

나는 무슨 수를 써서라도 엄마를 못 나가게 할 작정이었다.

엄마가 나를 진지하게 쳐다보았다.

"노숙자라니. 엄연히 사롤타라는 이름이 있는, 우리와 똑같은 사람이야. 이제 비켜서. 아빠처럼 폭력이라도 써서 막을 작정이 아니라면."

"절대 안 돼!" 누나가 혐오 섞인 눈으로 나를 노려보았다. "너도 아빠랑 똑같아, 이 징그러운 놈아!"

평소에 나는 아빠처럼 되기를 꿈꿔 왔다. 그러니 그런 말을 들으면 당연히 기분이 좋아야 했다. 하지만 아빠가 폭력을 써 가며 엄마의 외출을 막는다는 사실을 엄마가 처음으로 공공연히 인정한 이 순간, 엄마와 누나의 한 마디 한 마디가 판타스틱4의 화강암 인간인 '씽'의 주먹처럼 내 배로 거세게 날아들었고, 내 결심은 끝내 산산이 무너졌다.

엄마는 방에서 가방과 외투, 열쇠를 들고나와 단호한 표정으로 나를 쳐다보았다.

나는 슬그머니 문에서 비켜섰다. 그리고 재킷을 챙겨 엄마를 쫓아갔다. 아빠와의 약속 때문에라도 엄마와 함께 있어야 했다. 가는 내내 우리는 한마디도 하지 않았다.

병원에 도착했을 때, 친절한 간호사 덕분에 이번엔 나도 병실에 들어갈 수 있었다.

샤롤타의 얼굴은 창백했고 더욱 쇠약해진 모습이었다. 며칠 전보다 더 늙고 아파 보였다. 그녀가 눈을 떴다.

"또 보네요, 발레리아, 내 친구. 팔은 어때요?"

그때 엄마는 아직도 깁스를 하고 있었지만, 머리는 다 나아서 오른쪽 관자놀이 위쪽에 옅은 멍 자국만 남아 있었다.

"정말 날 죽게 내버려 둘 생각이 없군요?" 사롤타가 호탕하게 웃었다. "나 이제 술 안 마셔요, 됐어요? 난 잘하고 있다고요. 당신은…… 인생을 바꿨나요?"

엄마는 말없이 시선을 떨궜다.

"지난번에도 말했잖아요. 아이들을 데리고 떠나요. 참고 있을 이유가 없다니까……. 위험해요, 너무 위험해. 이렇게 젊고 아름다운데, 당신은 더 행복해질 자격이 있어요."

사롤타는 우리 가족에 대해 조언하고 있었다. 감히 무슨 자격으로? 나는 그녀가 하는 말을 잠자코 듣고 있었다.

"무리하지 말아요!"

내 앞에서는 말을 가려 해야 한다는 듯, 엄마가 나를 흘긋 보며 말했다. 사롤타는 개의치 않고 이야기 하나를 들려주었다.

"사람은 천차만별이죠. 같은 종족이란 게 믿기지 않을 정도로 달라요. 개와 비슷하달까. 늑대를 닮은 덩치 큰 개와 손바닥만 한 작은 강아지가 있다고 생각해 봐요. 믿기지 않지만 그 두 마리는 같은 종이죠. 사람도 마찬가지라우. 나는 어릴 적 세상에서 가장 훌륭한 남자를 만났어요. 키가 크고 인정이 많은 사람이었지. 그의 이름은 조르조[18]였어요. 우리는 그를 조지라고 불렀죠. 조지는

---

18) '열방의 의인'이라 불리는 조르조 페를라스카(1910~1992). 제2차 세계 대전이 일어난 당시, 헝가리에서 수많은 유대인 포로를 구출했다. _편집자 주

나와 엄마뿐만 아니라 수많은 사람의 목숨을 구했어요.

나는 조그만 일기장에 그때의 일을 매일 기록했죠. 두려움을 이기고 믿음을 굳건히 하는 데 도움이 되더군요. 우리 엄마는 연약하고 섬세한 데다 겁도 많았어요. 하지만 난 할아버지를 닮아 강한 사람이었죠.

헝가리 경찰, 끔찍한 화살 십자당,[19] 유대인을 증오하는 사람들, 거리에서 유대인을 학살하고 추방하는 사람들. 얼음과 눈으로 덮인 다뉴브강에서 그들은 서너 명에서 대여섯 명씩, 심지어 아이들까지 밧줄로 한데 묶었어요. 그리고 그중 한 사람만 총으로 쏘아 죽이더군요. 총알을 아끼려고 말이에요. 그러고는 사람들을 얼음장같이 차가운 강물에 던졌어요. 그렇게 차디찬 물속에 던져진 사람들은 익사하고 말죠. 그런 날의 강물은 푸른빛을 잃고 빨갛게 물들고요. 그 잔인한 인간들은 아내와 자식들이 반기는 집으로 돌아가 손을 씻고 식탁에 앉아 의무를 다했다고 생각했겠지…….

하지만 조지는 달랐어요. 그는 흑기사들이 우리를 체포하러 스페인 영사관에 쳐들어왔을 때 목숨을 걸고 도와주었어요. 그는 자신이 스페인 영사라고 했지만 그건 거짓말이었죠. 사실은 이탈리아 사람이었거든. 그는 우리를 구해 집으로 데려갔어요. 그곳에

---

19) 1930년대에 조직된 헝가리의 파시스트 정당. 홀로코스트에 적극 동참하여 유대인 수만 명을 학살하고 유대인 수용소로 이송했다.

먼저 와 있던 다른 유대인들은 공간이 없으니 어서 내보내라고 했죠. 그러자 그가 말했어요. '그럴 수 없소! 이들도 살아야 해요!' 다른 사람들이 항의했지만 그는 식량과 공간을 조금씩 양보하라고 명령했어요. 친절하게 내게 말을 걸어 주고 사탕도 주곤 했던 게 기억나요. 온 세상이 우리를 죽이려 들던 때에도 말이에요. 발레리아, 사람이라고 다 같은 사람이 아니에요……."

그 이야기를 듣던 나는 샤롤타가 정신이 나간 게 분명하다고 생각했다.

"걱정 말아요……." 엄마가 말했다. "저는 괜찮아요……. 부인 건강부터 챙기세요."

"아빠는 좋은 사람이에요!" 내가 끼어들었다. "아빠는 조지 같은 사람이라고요! 아빠는 우리를 위해서 뭐든 할 수 있는 사람이니까요."

샤롤타가 측은한 눈빛으로 나를 쳐다보았다.

"맞잖아요, 엄마. 아빠는 좋은 사람이라고 어서 말해 줘요!"

엄마는 내 애원이 들리지 않는다는 듯 가방에서 혈당 측정기를 꺼내들었다.

"보세요! 이것만 있으면 아무 문제 없대요. 이걸로 혈당을 재고, 필요할 때 인슐린을 투여하면 돼요."

샤롤타는 납득이 되지 않는다는 표정으로 진지하게 엄마의 설명을 듣고 있었다. 엄마가 설명하는 동안 나는 땅속으로 빨려 들어가는 느낌이 들었고 머리가 어지러웠다.

"집에 갈래요!" 내가 겁에 질려 말했다.

"어서 집에 가요!" 나는 명령하듯 같은 말을 반복하며 일어섰다.

"추워요!" 정말로 팔에 냉기가 느껴졌고 닭살이 돋고 입술이 덜덜 떨렸다.

"몸이 안 좋아요, 집에 가고 싶어요!"

엄마가 시끄럽게 구는 나를 슬픈 표정으로 바라보다 자리에서 일어났다. 그러고는 사롤타에게 볼 키스를 했다.

사롤타가 떠나려는 엄마를 가까이 끌어당겼다.

"약속해요. 나도 시키는 대로 할 테니, 당신도……." 그다음 말은 듣지 못했다.

"알겠어요……." 엄마가 대답했다.

"가자고요!"

내가 겁에 질려 더욱 악을 쓰자, 간호사가 들어와 나를 밖으로 끌고 나가서는 손가락을 입에 갖다 대며 조용히 하라는 신호를 했다.

나는 엄마가 사롤타와 대화를 하든 말든 내버려 두고 밖으로 뛰쳐나갔다. 그리고 잠시 후 군인처럼 고개를 꼿꼿이 들고 복도를 걸어 나오는 엄마가 보였다.

부다페스트, 1944년 11월 19일

엄마가 내게 말했다.

"이제 정말 끝이구나. 더는 못 버틸 것 같아. 우리 딸, 너라도 어떻게든 살아남으렴!"

우리는 울음을 터뜨렸다. 이제는 기도할 힘도 없었다. 그런데 게토에 도착하기 직전, 기적이 일어났다. 기적이라고밖에 달리 표현할 방법이 없다.

고급 승용차 한 대가 가까이 다가왔다. 자동차 펜더에 꽂힌 깃발이 바람에 펄럭였다. 차가 빠른 속도로 달려와 우리 앞에 멈춰 섰다. 기품이 느껴지는 키 큰 신사가 작고 다부진 신사와 함께 차에서 내리더니, 피도 눈물도 없는 흑기사들에게 신분증을 보여 주며 뭐라고 이야기하기 시작했다. 엄청난 권위가 느껴지는 손짓도 곁들여서. 우리는 영문도 모른 채 그를 쳐다보고만 있었다. 곧 흑기사가 우리의 이름과 다른 서너 명의 이름을 큰 소리로 호명했고 우리는 떨리는 마음으로 앞으로 한 걸음 나아갔다. 그 옆에 있던 작은 신사가 헝가리어로 말했다.

"어서 움직이세요! 차 뒤에서 최대한 빠른 걸음으로 따라오세요. 걷는 속도로 주행하겠습니다. 여러분은 스페인 사절단의 보호 아래 있습니다!"

우리는 어리둥절했지만 희망에 부풀어 기도문을 외며 차를 따라갔다.

결심

집으로 돌아가는 길에 누나에게서 전화 한 통이 걸려 왔다. 다급한 목소리로 엄마를 바꿔 달라고 했다.

나는 최악의 사태를 직감하며 군말 없이 엄마를 바꿔 주었다. 그리고 귀를 쫑긋 세우고 두 사람의 통화를 엿들었다.

아빠에게 전화가 왔고 누나는 계획대로 엄마가 자고 있다고 말한 모양이었다. 하지만 엄마를 바꿔 달라는 아빠의 끈질긴 요구에 하는 수 없이 엄마가 집에 없다고 말했다는 것이다. 나와 함께 노트를 사러 나가서 없다고 말이다.

거짓말은 통하지 않았다. 아빠는 이렇게 말하고 전화를 끊었다.

"내가 직접 확인하마. 바로 갈 테니까 집에 가만히 있어."

결코 안심할 수 없는 목소리였다.

지금 아빠는 누나 혼자 있는 집으로 향하고 있었다.

"어서 나와서 베로니카의 집으로 가! 어서!" 그렇게 말하는 엄마는 금방이라도 기절할 것만 같았다.

누나가 이유를 물었다.

"그냥 하라는 대로 해! 제발, 마라! 시키는 대로 해!"

우리는 바로 다음 정류장에서 내렸다. 엄마는 전화를 끊고서도 내게 핸드폰을 돌려주지 않고 그걸로 택시를 불렀다. 택시에 타자마자 엄마가 다급한 목소리로 말했다.

"가장 가까운 경찰서로 가 주세요! 최대한 빨리요!"

"어쩌려고요, 엄마?!" 겁에 질린 내가 휘둥그레진 눈으로 엄마를 쳐다보며 물었다.

엄마가 긴장한 손으로 핸드백을 움켜쥐고 앞을 보며 단호하게 대답했다.

"진작 이랬어야 했는데! 너희들은 너무 어렸고⋯⋯ 내 옆엔 아무도 없었어."

"그러지 마요, 엄마! 제발 하지 말아요! 괜찮아질 거예요, 다 잘될 거예요. 아빠는 훌륭한 사람이에요⋯⋯. 아시잖아요, 바뀔 거예요⋯⋯. 우리는 행복한 가족이잖아요! 엄마가 늘 그랬잖아요, 우린 행복한 가족이라고!" 나는 했던 말을 하고 또 하며 울부짖었다.

턱수염을 기르고 베레모를 쓴 택시 기사는 룸 미러를 통해 우리를 보며 안쓰러운 표정을 짓고 있었다.

엄마는 다치지 않은 팔로 나를 안고 내 머리를 쓰다듬으며 다독여 주었다.

"이제 그만 쉿……. 착하지, 착하지……. 옳지……."

앞이 캄캄했다. 이보다 더 절망적일 순 없었다.

"여기서 기다려." 경찰서 앞에 도착하자 엄마가 내게 말했다.

"싫어요! 저도 갈래요!"

"안 돼. 이번엔 안 돼."

엄마는 그렇게 혼자 경찰서로 들어갔다.

택시 기사는 요금을 재촉하는 대신 나를 돌아보며 말했다.

"엄마 말 들으렴. 엄마가 지금 어떤 상태인지 모르겠어? 엄마가 아빠한테 맞아 죽을 때까지 기다릴 셈이야?"

나는 택시에서 내렸고 기운이 빠져 경찰서 계단에 주저앉았다.

택시 기사가 정차등을 켜 두고 따라 내렸다. 몸매가 꼭 배 나온 레슬링 선수 같았다.

"엄마 오실 때까지 같이 기다릴까?"

난 뭐라 대답해야 할지 몰랐다. 그가 내 옆에 앉더니 하늘을 가리켰다.

"저길 봐, 찌르레기다!"

저 높이, 건물 위에 거대한 새 떼가 보였다. 족히 수천 마리는 될 것 같았다. 대형을 바꿔 가며 정신없이 날아다니는 새들은 시끄러운 소리를 내며 울었지만 멀어서 잘 들리지는 않았다.

내 머릿속이 딱 그랬다. 그 새 떼처럼 아득하고 시끄러운…….

* * *

"이제 가 봐야겠다. 기운 내라!"

택시 기사가 큼직한 손을 내밀었다. 그의 손을 잡으니 내 손이 그의 손안에 폭 감겼다.

"고맙습니다……. 이제 전 어떻게 해야 하죠?"

"엄마를 지키렴." 그가 말했다. "엄마는 늘 한결같지만…… 아빠라는 작자들은…….."

말주변은 조금 부족했지만 좋은 뜻에서 하는 말이라는 것은 느낄 수 있었다.

"그럼…… 행운을 빌게."

어느샌가 등 뒤에서 문이 열렸고 제복을 입은 젊은 경찰관이 나를 불렀다.

"얘, 네가 니콜라지? 안으로 들어오렴!"

"잠시만요, 택시 요금을 내야 해요."

"요금은 됐다! 서비스야!" 기사가 웃으며 말했다. 그리고 명함을 꺼내서 내게 건넸다. "도움이 필요하면, 여기로 전화해서 포에타를 찾아. 최대한 빨리 달려가마!"

"고맙습니다."

나는 명함을 받아 주머니에 얼른 집어넣었다. 그러고는 문을 열어 둔 채 나를 기다리고 있는 경찰관에게로 걸음을 옮겼다.

어쩌면 슈퍼히어로가 정말로 존재할지도 모른다. 이 택시 기사는 수염이 덥수룩하고 배도 불룩 나왔지만 마음은 슈퍼히어로만큼 넓다. 아빠라면 이 아저씨에게 어떤 올림픽 챔피언 타이틀을 붙였을까? 그런 생각을 해 봐도 이젠 전혀 즐겁지 않았다.

젊은 경찰관이 내게 대기실에서 기다리라고 했다.

나는 의자에 앉아 주변을 둘러보았다. 엄마는 대체 어디 간 거지? 내 생각을 읽기라도 한 듯, 경찰관이 엄마가 서장님과 함께 있고 대화가 끝나면 이쪽으로 올 거라고 말해 주었다. 벽에는 경찰들의 사진과 그들이 쓰는 검, 모자, 달력이 걸려 있었다. 내 앞에 있는 작은 탁자 위에는 말을 탄 헌병의 동상이 떡하니 놓여 있었다. 이곳이 경찰서라는 것을 사람들이 잊기라도 할까 봐 걱정된 모양이었다.

엄마는 뭘 하는 걸까? 무슨 말을 하고 있을까? 어째서 나는 이렇게 무기력하게 소파에 앉아 있는 걸까? 나를 지켜 줄 아이언맨 슈트는 완전히 방전되었고 한눈팔 만화책도 없었다.

나는 카펫 위를 이리저리 서성이거나 앉았다 일어났다 하면서, 또 괜스레 달력을 넘겨 보기도 하면서 내 인생에서 가장 긴 기다림의 시간을 보내고 있었다. 그때, 젊은 경찰관이 오렌지주스 한 잔을 건네며 내 옆에 앉았다.

"지루하지?"

입술이 제멋대로 움직이더니 내 허락도 없이 대답했다.

"괜찮아요! 우리는 행복한 가족이라서요……."

"니콜라, 너 누나가 있지?"

"네."

"이름이 뭐야?"

"마라요."

그는 나의 학교생활에 대해 물었고 우리는 이런저런 이야기를 나눴다. 그러는 사이 엄마가 견장에 별을 달고 있는 나이 지긋한 경찰관과 함께 나왔다.

"경장, 부인이 고소장을 접수했네. 나는 법원에 임시 조치를 요청하지. 자네는 부인과 함께 가서 부인의 딸을 데려온 다음, 부인과 아이들을 그룹홈[20]으로 안내해 드리게."

그러고는 엄마와 악수를 나누며 말했다.

"부인, 그곳에서 기다리시면 남편의 주거지 퇴거 명령과 접근 금지 명령이 발효되기 전까지 머무실 수 있는 폭력 방지 센터에 배정받으실 겁니다. 옳은 일을 하신 겁니다. 이런 사건들은 지체될수록 더욱 위험한 법이죠. 이제부터 긴장을 늦추시면 안 됩니다."

나는 멍하니 서서 눈물을 흘리며 엄마를 바라보았다.

"잘 해결될 거다!" 눈치 없는 경찰서장은 내 어깨를 두드리며 격려해 주었다.

엄마는 팔로 내 어깨를 감싸 안았고 우리는 젊은 경관을 따라서 주차장으로 갔다. 그리고 경찰차를 타고 마라 누나를 데리러 집으로 향했다.

우리는 아빠에게서 도망치고 있었다. 하지만 그래 봤자 소용없을 거라는 걸 알았다. 엄마는 정신이 나갔다. 우리는 미쳤다.

나는 아빠를 너무도 잘 알고 있었다. 아빠는 기필코 우리를 찾아내 복수할 것이다. 엄마가 우리 가족을 망가뜨리는 걸 보고만 있지 않을 것이다.

나는 차창에 머리를 기대고 흐느껴 울며 중얼거렸다.

"미쳤어! 미쳤어!"

하지만 아무리 그렇게 말해도 엄마를 미워할 수 없었다. 엄마는 질투와 숨 막히게 조여 오는 사랑으로부터 해방되어 창살과 부르카가 없는 새로운 인생을 향해 달려가고 있었다. 투명 인간 모드는 비활성화되고 모두가 자유롭게 돌아다닐 수 있는, 판타스틱 4의 '휴먼 토치'처럼 밝게 빛나는 그곳으로 말이다.

부다페스트, 1944년 11월 19일

우리는 판노니아 48번가에 위치한 어느 집 앞에 도착했다. 스페인 문장이 걸려 있는 대문 앞에서, 코바치 아저씨가 우리를 기다리고 있었다. 아저씨가 달려와 우리를 안아 주었다. 발로그 아저씨도 함께였다. 발로그 아저씨는 여동생과 우리 모녀를 반갑게 맞아 주었고, 자신의 나머지 가족들을 비롯해 다락방에 숨어 지내던 사람들 모두가 이곳에 와 있다고 말했다.

그 집의 주인인 은퇴한 대령이 우리에게 서둘러 안으로 들어오라고 말했다. 우리는 각자의 신상 정보가 적힌 보호 요청서를 다시 작성해야 했다. 우리의 목숨을 구한 그 요청서는 코바치 아저씨의 주도하에 페를라스카 영사라는 사람에 의해 임시로 작성된 것이었다.

내막은 이랬다. 식량을 찾아 나섰던 발로그 아저씨와 코바치 아저씨는 스페인과 자비로운 영사에게 신변 보호를 요청할 수 있다는 사실을 알게 되었다. 이 소식을 전하러 은신처로 돌아왔을 때 우리는 이미 그곳을 떠난 뒤였다. 아저씨들은 우리가 체포되어 끌려가고 있다는 걸 알고, 황급히 그 영사를 찾아가 도움을 청했다.

다 죽은 목숨이었던 우리를 구해 준 영웅은 차에서 내리지 않아서 그에게 감사의 인사를 전할 수 없었다. 대령에게 들은 바로는, 그는 사람들을 구하러 다니느라 눈코 뜰 새 없이 바빠서 대화할 여유도 없다고 한다.

대령은 우리를 집 안으로 안내했고 엄격한 내부 규칙을 설명했다. 그곳에 먼저 와 있던 일부 사람들은 항의했다. 먹을 것을 축낼 입이 더 늘어난 상황에서 그들이 우리를 반대하지 않을 이유가 없었다. 그러자 대령은 그들을 호되게 질책했다.

"부끄러운 줄 아시오! 페를라스카 영사님이 아시면 뭐라 하시겠소! 배은망덕한 인간들!"

그렇게 우리는 새로운 은신처에 도착했다. 우리가 숨어 지내던 곳에 비하면 이곳은 호화로운 호텔이었다.

탈출

그날 밤, 우리는 더 안전한 폭력 방지 센터로 가기 전에 잠시 머물게 된 그룹홈의 낯선 침대에서 뜬눈으로 밤을 보냈다. 잠도 오지 않았다. 엄마도 계속해서 뒤척였고 마라 누나는 몇 번이나 발작하며 자다 깨다를 반복했다. 우리가 자고 있었더라도 누나 때문에 놀라서 잠이 확 달아났을 것이다.

나는 이상하게 팔다리가 후들거렸고, 분노에 사로잡힌 아빠가 집에 혼자 있을 거라고 생각하니 잠이 오지 않았다. 헐크처럼 온몸이 부풀어 올라 폭발 직전인 녹색 괴물이 된 아빠가, 초토화된 우리 집의 잔해 위에서 쭈그려 앉아 있는 모습을 상상했다. 집에 돌아가도 반겨 주는 가족이 없다는 것은 엄청난 충격일 것이고,

접근 금지 명령서를 들고 집 앞에 서 있는 경찰을 마주하는 일은 그야말로 치욕이었을 것이다.

엄마는 내 핸드폰을 빼앗아 전원을 꺼 버렸다. 아빠가 내게 수십 번도 넘게 전화했을 게 뻔했다. 결국에 분노를 이기지 못하고 벽에 전화기를 내동댕이쳤을지 모른다. 이제 무슨 일이 벌어질까? 우리는 어떻게 될까?

문득 이곳을 뛰쳐나가 아빠에게 가야 할 것만 같은 생각에 사로잡혔다. 아빠를 마주한다는 생각에 끔찍한 공포가 밀려왔고 아빠가 화를 낼까 봐 걱정도 됐지만, 그래도 가야 할 것 같았다. 그생각, 아빠를 고통 속에 홀로 내버려 둬서는 안 되겠다는 생각이 어느 순간부터 내 머릿속을 맴돌았다.

다음 날 아침, 식사 시간에 한 아주머니가 우리를 따뜻하게 맞아 주었다. 그녀의 이름은 마르게리타로, 경찰서장의 지인이자 여성 인권 운동가이고 심리학자였다. 마르게리타는 우리의 임시 거처인 이곳에 있는 동안에도 조심해야 하며, 누구에게도 이곳의 위치를 알려선 안 된다고 설명했다.

비좁은 부엌에서는 라파엘로를 만났다. 다운 증후군을 앓고 있는 그는 마르게리타를 도와서 아침 식사를 준비하고 있었다. 라파엘로는 나와 누나, 엄마의 이름을 묻고는 우리를 꼭 껴안아 주었다. 그는 제법 덩치가 컸다. 나는 당혹감과 안도감이 뒤섞인 마음으로 그의 품에 안겼다. 안도감이 들었던 건 그에게서 편안함과 진심이 느껴졌기 때문이다. 우주의 성운 속을 날아다니는 슈퍼맨처럼 그 안에 푹 빠져들고 싶었다.

라파엘로는 자신이 주변 사람들에게 행운을 가져다주는 사람이라면서, 문제가 잘 해결될 거라고도 말해 주었다. 그는 즉석 복권에 푹 빠져 있었다. 하지만 일주일에 세 번까지밖에 복권을 살 수 없어 아쉽다고 했다.

"나만 맨날 꽝이야!" 라파엘로가 시무룩하게 말했다.

하지만 여자아이 하나가 작은 인형을 손에 하나 들고, 또 하나를 품에 안고 방에 들어오자 금세 환하게 웃었다. 그는 아이의 키에 맞춰 쪼그려 앉아서 아이를 안아 주었다.

다운 증후군 환자들은 염색체를 한 개 더 가지고 있다고 들었다. 어쩌면 반대로 우리가 염색체 하나를 덜 가진 건 아닐까 생각했다. 모두가 라파엘로 같았다면 달을 탐사하거나 전기를 발명하지 못했을지도 모른다. 하지만 세상에는 다정한 손길과 포옹이 넘쳐 났을 것이다.

* * *

러스크가 들어간 카페라테는 맛있지만 그날은 별로 내키지 않았다. 나는 산산이 부서진 아빠의 꿈을 생각하느라 바빴다. 아빠는 나를 비롯한 가족 모두에게 버림받고 배신당했다고 생각하고 있을 게 분명했다. 엄마가 일을 너무 키웠다. 엄마가 옳았다 하더라도 적절한 방법이 아니었다. 대화를 통해 다른 방법을 찾을 수도 있었을 텐데. 당시의 내가 눈을 가리고 진실을 회피하고 있었다는 걸, 그때를 떠올리는 지금에야 깨닫는다.

엄마가 마르게리타의 방에 가서, 오랜만에 누나와 단둘이 있게 되었다. 누나가 내게 말했다.

"어제 베로니카 집에서 나왔을 때, 경찰차를 보고 최악의 상황이 벌어진 줄 알았어."

"지금 이게 최악이지!"

"그럼, 이거 말고 뭐 뾰족한 수라도 있어? 넌 아빠가 치료를 받고 새사람이라도 될 줄 알아?"

잠깐의 정적이 흐른 후 누나가 다시 말을 이었다.

"엄마가 용기를 냈다는 게 아직도 믿기지 않아. 절대 못 할 줄 알았는데……."

"그랬다면 좋았을 텐데……." 나도 모르게 이런 소리가 튀어나왔다. "다 그 늙은이 때문이야. 그 여자가 엄마를 부추긴 거야. 그 여자가 우리 인생에 끼어든 그날 밤 이후로 엄마가 달라졌어."

"끼어들어 줘서 천만다행이네!" 마라 누나가 도발적인 눈빛으로 말했다.

"다행은 개뿔! 젠장, 아빠는 분명 우릴 찾아내고 말 거라고."

"아빠는 우리에게 접근할 수 없어. 아빠는 여기 들어올 수조차 없다고 그랬어. 그리고 엄마는 이혼 소송을 시작할 거고!" 누나가 단숨에 말을 쏟아 냈다.

이혼? 그 말을 듣자 눈물과 분노가 솟구치며 목구멍이 꽉 조여 오는 느낌이 들었다. 나는 그길로 복도를 달려 밖으로 뛰쳐나갔다.

누나가 내 뒤를 쫓아왔다. 바로 근처에 버스 정류장이 있었다. 때마침 버스가 도착했고 문이 열리자 사람들이 하나둘 버스에 올랐다. 나는 사력을 다해 뛰어가서, 문이 닫히기 전에 간신히 버스에 탈 수 있었다.

버스 맨 뒤 창문으로 크게 손짓을 하면서 달려오는 누나가 보였다. 자신이 버스를 놓쳤다는 사실을 받아들이지 못하는 사람 같았다. 얼마 가지 않아 누나 모습이 점점 작아지더니, 모퉁이 너머로 완전히 자취를 감추었다.

나는 절망에 빠진 누나가 이 사실을 알리기 위해 왔던 길을 되돌아가는 모습을 상상했다. 그리고 내가 도망친 걸 알게 된 엄마의 기분이 어떨지, 어떻게 대처할지 상상해 보았다. 그러나 이혼이라는 말에 더 이상 지체할 수 없었다. 이미 마음을 굳혔다.

나는 아빠에게 돌아가고 있었다.

아빠가 약속했다. 우리 가족에게 이런 일은 결코 일어나지 않을 거라고. 아빠는 이번에도 틀림없이 상황을 바로잡을 방법을 알고 있을 것이다. 모든 이야기에는 세상이 파멸할 위기에 처하거나 악당에게 잡혀 옴짝달싹할 수 없는 신세로 전락하는 순간이 꼭 있다. 하지만 결국 슈퍼히어로가 모든 것을 제자리로 돌려놓는다. 우리 가족도 그렇게 될 것이다. 꼭 그럴 거라 믿었다.

나는 두세 정거장 후에 내렸다. 주머니에 있던 동전으로 (이젠 지구상에 한두 개밖에 남지 않았을) 공중전화 부스에 들어가 아빠에게 전화를 걸었다.

아빠의 목소리가 이상했다.

"니콜라, 너니?"

"저예요!" 내가 말했다. "도망쳤어요!"

"바로 데리러 가마."

부다페스트, 1944년 11월 30일

   대령의 집에서 보내는 생활은 정확한 시간표와 규칙에 따라 이루어
졌다. 우리는 규칙적으로 청소를 하고 씻고 음식을 공평하게 나누어
먹어야 했다. 음식이 풍족하진 않았지만 불과 며칠 전에 비하면 감지덕
지한 양이었다.

   엄마도 훨씬 평온한 모습이 되었다.

   "엄마를 항상 지켜 줄 거지, 우리 딸?" 어젯밤 서로를 꼭 끌어안고
잠들기 전에 엄마가 말했다.

   "그럼요, 엄마. 내가 흑기사로부터 엄마를 지켜 줄게요. 나와 조지
영사님이요. 영사님은 우리가 위험에 빠지는 걸 보고만 있지 않을 거예
요. 엄마도 봤잖아요. 그분이 우리를 어떻게 구해 냈는지, 또 흑기사

들에게 잡혀가는 다른 사람들을 얼마나 용감하게 구출했는지."

"응, 물론 다 봤고말고……. 그래도 무섭구나."

"두려워할 필요 없어요. 말했잖아요! 영사님이 우리를 지켜 줄 거라고. 그분은 무서울 게 없어요. 그분이 흑기사단에게 소리 지르는 거 봤죠? 또 사람들이 그분을 쳐다보는 눈빛도요. 이 문서만 있으면 아무도 우릴 건드리지 못해요."

"그러면 얼마나 좋을까……. 흑기사들이 하도 많아서 걱정이구나. 그에게도 적잖이 부담이 될 텐데. 아직 어린 너도 걱정이고. 물론 우리 딸은 이 엄마보다 훨씬 용감하지만. 공간도 식량도 점점 줄어들고 있어. 사람들은 배를 곯으면 비열해지는 법이란다. 조심해야 해……."

다시 함께

서둘러 나를 데리러 온 아빠는 처음 보는 사람 같았다. 면도하지 않은 지저분한 얼굴에 눈은 퀭하니 다크서클이 져 있고 셔츠는 얼룩 범벅이었다. 아빠가 나를 꼭 껴안았다. 숨 쉴 때마다 고약한 냄새가 나는 걸로 봐서 술을 마신 게 틀림없었다.

"그럴 줄 알았어, 너는 아빠를 버리지 않을 줄 알았어……. 자, 집에 가자!" 아빠가 흡족한 미소를 지으며 말했다.

"술 마셨어요?"

"조금. 아빠 원래 술 안 마시는 거 알지? 어제는 충격이 심해서 과음을 하고 말았어. 그러지 말았어야 했는데……."

"이제 어떡할까요?" 내가 자신 없는 목소리로 물었다.

"바람을 좀 쐬자." 아빠가 말했다. "생각해 봐야지……. 내가 선임한 그 멍청한 변호사 때문에 아주 돌아 버리겠다……. 내 집에서 처자식 교육도 마음대로 못 하게 막는 빌어먹을 법 때문에 아무리 돈을 들여도 소용이 없어."

아빠가 머리를 매만지며 어색하게 웃었다. 아빠는 아까부터 이상하리만큼 차분했고 애써 밝은 척을 했지만, 실의에 빠진 안색과 너저분한 분위기가 더해져 오히려 공포스러웠다. 아빠가 무슨 생각을 하는지 도통 감이 잡히지 않아서 더욱 그랬다.

집 안은 엉망이 되어 있었다. 아빠는 그동안 침실 대신 소파에서 잠을 잔 듯했다. 바닥에는 마시다 만 위스키병이 나뒹굴고 있었고, 술이 쏟아져 주위가 흥건했다. 화장실에 가 보니 토한 흔적도 있었다.

옷장과 서랍을 뒤지다가 사롤타의 사진첩을 발견한 모양이었다. 사진을 갈기갈기 찢어 벽에 던졌는지, 사방에 종잇조각이 흩어져 있었다. 사롤타 손자의 사진은 협탁 아래 떨어져 있었고, 나머지 사진들은 처참히 찢겨 바닥에 널려 있었다. 찢긴 사진 속에서 사롤타는 여전히 환하게 웃고 있었다.

너덜너덜해진 사진첩을 집어 들자 겉표지가 두툼한 것이, 그 안에 뭔가 숨겨져 있는 것 같았다. 자그마한 빨간색 수첩이었다. 그 안에는 어린아이의 필체로 글이 빼곡히 적혀 있었다. 처음 보는 언어였다. 내가 읽을 수 있는 건 페이지마다 적힌 날짜와 부다페스트라는 단어뿐이었다.

나는 사진들을 모아서 사진첩에 끼워 넣고 수첩과 함께 엄마의 서랍장에 넣었다. 그사이 아빠는 정신없이 가방을 챙겼다.

"가자!" 아빠가 말했다. "회사에 들러서 물건을 챙겨야 해. 너도 필요한 것을 챙겨라. 잠시 집을 떠나 있을 거야."

나는 만화책 몇 권과 초콜릿, 저축해 놓은 돈과 저녁에 걸칠 두꺼운 재킷을 챙겼다.

우리는 아빠가 운영하는 공장에 들러서 상자 하나를 차에 실은 뒤 외곽으로 출발했다. 얼마쯤 지났을까, 아빠가 뜬금없이 '무대의상 제작소'라는 간판이 걸린 상점 앞에 멈추더니 내게 차에서 잠시 기다리라고 했다. 30분쯤 지나 아빠는 또 다른 상자 하나를 들고 와서 트렁크에 실었다.

"저게 뭐예요?" 내가 물었다.

"아빠 비서 알지? 그 사람이 다음 주 금요일에 가장무도회에 간다면서 그때 입을 드레스를 찾아다 달라고 부탁했거든. 들어가 보니 완성이 덜 돼서 잠시 기다렸지 뭐니."

"무슨 분장을 하는데요?"

"클레오파트라."

가는 내내 아빠는 초조한 사람처럼 운전대를 계속해서 손끝으로 두드렸다. 밖에는 회색 구름이 지평선을 따라 낮게 깔려 있었다. 구름이 버려진 농가와 돌아다니는 양 떼, 물류 창고를 톡톡 건드리며 장난을 치는 듯했다.

머지않아 우리는 먼지 쌓인 비포장도로로 들어섰다. 도로는 화살표처럼 회색 들판 끝자락에 보이는 숲을 가리키며 곧게 뻗어 있었다.

"그 늙은 노숙자 때문이야." 아빠가 도로에 시선을 굳게 고정한 채, 부자연스럽게 손으로 운전대를 감싸 쥐고 말했다. "우리 사이를 이간질한 사람이 바로 그 여자였어. 주술을 걸고 세뇌한 게 틀림없어……. 그 여자의 사진첩도 갖고 있더구나. 무슨 뜻인지 알겠니? 엄마는 조종당하고 있는 거야……."

나는 깜짝 놀랐다. 아빠가 어떻게 알았지? 사롤타와 엄마 사이에 어떤 대화가 오갔는지 말한 적도 없는데…….

아빠가 갑자기 생각난 듯 말했다.

"참! 니콜라, 너 배고프겠다!"

우리는 바에 들렀다. 아빠는 나를 차에 남겨 두고 바에 들어가 아이스크림을 사 왔다. 아빠에게서 그라파Grappa[21] 냄새가 났지만 긴장은 풀린 느낌이었다.

---

21) 이탈리아 특산품인 포도박 브랜디의 일종 _편집자 주

* * *

마침내 우리는 '민박 및 식사Bed and Breakfast'라고 적힌 표지판이 붙어 있는 어느 농가 근처에 도착했다. 표지판에는 사냥꾼이라는 뜻의 '일 카치아토레Il Cacciatore'라고 쓰여 있었다.

우리는 모퉁이를 돌아 들어갔다. 두세 마리의 대형견들이 흥분해서 목줄을 끊을 듯이 달려들어 짖으며 우리를 맞아 주었다. 나는 목줄이 끊어지지 않기를, 우리 가족의 문제가 해결되기를 간절히 기도했다.

흰 콧수염이 수북이 난 대머리의 중년 남성이 마중을 나왔다.

"알피오 씨, 어쩐 일입니까? 괜찮으세요?"

"괜찮습니다." 아빠가 그의 도움을 거절하는 표시로 손을 들면서 말했다.

"사냥하러 오신 겁니까?" 그가 약간 의아한 얼굴로 물었다.

"아뇨." 아빠는 단호하고 품위 있는 태도를 유지하려 애쓰며 자세를 더 꼿꼿이 했다. "저와 제 아들이 묵을 방이 있습니까? 며칠 지내다 가고 싶은데……."

"네, 당연하죠……."

침실 창문으로 주변의 메마른 들판, 언덕을 덮어 버린 우뚝한 숲이 보였다. 지평선에 사냥꾼과 개의 실루엣이 나타났다. 개는 멈춰서 킁킁거리며 화살표처럼 무언가를 가리켰다. 그 순간, 덤불에서 세 마리의 새가 도망치듯 날아갔다. 사냥꾼이 총을 쐈다. 새 한 마리가 가시덤불에 떨어지고 다른 두 마리는 저만치 날아갔다. 나는 총소리가 나자 눈을 감고 고개를 돌렸지만 개는 오히려 흥분해서 먹이를 찾아 덤불 속으로 뛰어들었다.

잠시 후, 아빠가 방에 들어왔다. 어디서 와인 한 병을 얻었는지 벌써 반쯤 마신 상태였다. 아빠는 문을 닫고 지친 몸을 침대에 뉘었다. 나는 아빠의 신발을 벗겨 주었다.

"참 착하기도 하지!" 아빠 목소리에 피로와 취기가 묻어났다. "왜, 왜 네 엄마는 나한테 이런 짓을 했을까? 왜 그런지 넌 아니?"

더 이상 내가 알던 아빠가 아니었다. 아빠는 망가졌다. 그 모습이 안쓰러웠다.

"아빠가 엄마를 때리니까요." 나는 떨리는 목소리로 또박또박 말했다. "집 밖에 나가지도 못하게 하고, 협박하고……."

아빠가 깜짝 놀라 벌떡 일어났다.

"아니야! 그렇지 않아!" 아빠가 눈을 부릅뜨고 말했다. "사실이 아니야……."

아빠는 와인을 한 번 더 들이켜고는 병을 벽에 던져 버렸다. 병은 깨지지 않았지만 나는 놀라서 움찔했다. 나는 얼른 달려가 와인이 쏟아지지 않도록 병을 세워 두었다.

아빠는 침대 위에서 아기처럼 몸을 웅크렸다.

"난 당신을 사랑해…… 미안해, 미안해, 일부러 그런 건 아니야. 다신 안 그럴게…… 절대로. 약속해……." 술기운에 제정신이 아니었는지, 아빠는 잠에 취한 목소리로 중얼거렸다. "가지 마, 여보. 사랑해, 세상 누구보다 당신을 사랑해…… 질투가 났어, 단지 그뿐이야……. 사랑에 눈이 먼 질투야……."

그러더니 이불을 부여잡고 울기 시작했다. 나는 아빠에게 다가가 꼭 안아 주었다.

"날 떠나지 않을 거지? 날 떠나지 않겠다고 약속해 줘, 제발. 사랑해. 앞으로 질투 같은 건 안 할게. 당신 일하고 싶으면 하고 외출하고 싶으면 얼마든지 해……. 내 잘못이 아니야, 일부러 그런 게 아니야……."

아빠는 정신 나간 사람처럼 울부짖었다. 그런데 어느 순간부터는 아빠가 아니라 다른 사람이 된 것처럼 흐느꼈다.

"때리지 마세요, 제발……." 어린아이 같은 목소리였다. "엄마한테 그러지 마세요, 아빠, 안 돼요! 안 돼…… 때리지 마세요. 잘못했어요, 다신 안 그럴게요……. 아빠, 아빠, 엄마는 제가 알아서 할게요."

아빠는 그렇게 한참을 불안에 떨다 내 품에서 잠들었다.

이제 내가 배트맨이고 내 품에서 잠든 아빠가 망가지고 상처

입은 로빈이었다. 나는 아빠의 머리를 쓰다듬어 주었다. 쓰라린 감정이 목까지 차오르고 눈물이 났다.

"아니에요, 아무도 아빠를 때리지 않아요……. 할머니를 다치게 하는 사람도 없어요……."

그날 내가 겪은 일, 아기가 된 아빠를 품에 안고 위로한 일은 내 머리를 강타했다.

실, 아니 쇠사슬처럼 부자 사이를 잇는 선이 있었다. 그 선은 우리의 삶을 관통해, 과거에 당했던 폭력과 학대를 아빠가 저지른 새로운 폭력과 학대로 연결하고 있었다. 마치 사람은 자신이 받은 걸 그대로 돌려주는 것밖에 할 줄 모른다는 듯이 말이다.

나는 나의 삶에 대해, 그리고 엄마와 누나, 주세페를 때렸던 일에 대해 생각했다.

나는 아빠의 이마에 입을 맞추고 안고 있던 팔을 풀어 아빠를 침대에 눕혔다. 그리고 바닥에 주저앉았다. 아빠의 이런 모습은 처음이었다. 나의 영웅이 내 눈앞에서 산산이 무너지는 것을 보니 마음이 찢어졌다. 엄마를 때리고 나서 용서를 빌면서 그 말을 몇 번이나 했을까, 엄마의 멍든 가슴에 안겨 얼마나 울었을까, 엄마는 아빠의 말을 얼마나 믿고 또 믿었을까 생각했다. 툭하면 폭행을 저지르는 아버지에게 어머니를 때리지 말라고 애원하는 아이의 모습이 보였다. 아빠도 처음부터 나쁜 사람이 아니고 일부러 그런 것도 아니라는 것을 나는 안다. 그건 마치 거부할 수 없는 마력에 이끌린 것이었다. 구타와 학대로 얼룩진 어두운 어린 시절로부터 뿜어져 나오는, 자신의 의지와 상관없이 몸을 지배하고 정신을 변화시키는 그런 힘 말이다.

나는 옷도 갈아입지 않고 아빠 옆에 누워 잠을 청했다.

*　*　*

다음 날 아침, 내가 눈을 떴을 때 아빠는 여전히 자고 있었다. 얼마 뒤 잠에서 깬 아빠는 술 냄새를 풍기며 나를 안아 주고 내 이마에 뽀뽀했다.

아빠는 찬물로 샤워를 하고 나서 해열제를 먹고 면도를 한 다음, 애프터셰이브를 바르고 옷을 깔끔하게 갈아입었다. 다시 파란 눈과 얇은 입술, 검은 콧수염, 날씬하고 탄탄한 몸의 아빠로 돌아왔다.

"어제는 내가 과음을 했구나. 술은 추악한 짐승과도 같아. 나도 모르게 계속 들이켜게 된다니까. 슬프거나 실의에 빠진 경우에는 특히 더 그렇지. 언제나 잘 통제하는 게 중요해."

아빠가 씩 웃었다.

"이제 우리 둘이 다시 함께하게 되었구나, 니콜라. 우린 다시

236

한 팀이야. 이리 오렴. 오늘은 우리 가족, 우리 집 여자들을 데리러 가자. 어디 있는지 말해 다오. 아빠가 엄마를 잘 설득해서 집으로 돌아오게 할게. 모두 원래대로 돌아갈 거야. 장담하마!"

나는 고개를 끄덕였다. 그렇게 되길 바랐다. 어젯밤 정신 나간 듯 쏟던 눈물이 아빠를 완전히 변화시켰기를 바랐다.

아빠가 내 핸드폰에 전화를 걸었다. 이번에는 엄마가 바로 받았다.

"여보." 아빠가 말했다. "니콜라가 나와 함께 있다고 말해 주려고 전화했어. 기특하게도 스스로 돌아올 생각을 했더라고. 당신은 걱정 안 해도 돼. 니콜라는 가출한 엄마를 여전히 용서해 주려는 너그러운 아빠와 함께 있으니까. 당신이 이혼을 요구하면, 난 더 실력 있는 변호사를 선임해서 독점 양육권을 요청하고 당신을 악의의 유기[22]와 명예 훼손, 아동 유괴로 고소할 거야. 당신을 미치게 만들어 주지. 당신은 집과 자식을 잃고 생활비도 한 푼 받지 못하게 될 거야. 반대로 당신이 지금이라도 고소를 취하하고 마라와 함께 돌아온다면 전부 없던 일로 해 줄게."

그때 엄마가 뭐라고 대답했는지는 지금도 모른다. 아빠가 이렇게 말했다는 것만 안다.

---

22) 민법에서, 이혼이나 파양의 원인 가운데 하나. 이혼에서는 동거 의무의 불이행을 의미하며, 파양에서는 부양 의무의 불이행을 의미한다. _편집자 주

"결국 그렇게 하겠다는 거지? 좋아, 당신 마음대로 해." 그러고는 전화를 끊었다.

"네 엄마는 거의 마음이 돌아섰어." 아빠의 눈에 분노가 가득했다. "그런데 그 노숙자가 엄마와 함께 있는 것 같다. 목소리가 들리더구나……. 대가를 치르게 할 거야. 약속하마, 꼭 받은 만큼 갚아 주겠다고."

그런 다음 결의에 차서 내 눈을 바라보며 말했다.

"어디 있는지 말해."

"몰라요." 난 거짓말을 했다. "건물에서 나와서 무작정 지나가는 트램을 잡아 탔는걸요. 그래서 거기가 어딘지 정확히 기억 안 나요."

아빠가 내 말을 믿지 않는다는 것과 내가 위험에 처했다는 것을 아빠의 눈빛이 말해 주고 있었다.

"아빠……." 나는 겁에 질려 웅얼거렸다.

어디 있는지 말해! 아빠가 독기 오른 얼굴로 나를 쳐다보며 또박또박 소리쳤다.

"왜요, 어떻게 하려고요?"

"얘기하려고, 얘기만 할게……. 엄마를 설득해야 돼……. 앞으로 무슨 일이 벌어질지 너도 잘 알잖니?"

"정말 몰라요……." 내가 애원했다.

아빠는 내 손목을 꽉 쥐고 내 눈을 쳐다보며 이를 악물고 같은 말만 반복했다.

"어서 말해, 거짓말하는 거 다 안다, 니콜라……."

"아빠, 아파요……." 나는 눈물을 흘리며 애원했다.

그러다 결국 실토하고 말았다. 너무 아파서 견딜 수가 없었다. 팔이 으스러질 것만 같았다.

난 영웅이 아니다. 어쩌면 난 순진하게도 엄마를 설득해서 사태를 수습할 수 있을 거라 믿고 싶었는지도 모른다.

아빠가 문을 나설 때 나도 따라가려 했지만, 아빠는 오지 말라는 표시를 하며 나를 방 안에 밀어 넣었다. 저항할 수 없었다. 잠을 자거나 TV를 보고 있으면 내 끼니를 챙겨 주기 위해서라도 다시 나를 데리러 올 거라고 했다.

"아빠가 꼭 엄마를 설득할게." 아빠가 말했다. "안 되면…… 아니, 무슨 수를 써서라도 그렇게 할게. 아빠는 네 엄마 없이 못 살아. 아무도 우릴 갈라놓을 수 없어. 내가 절대 그렇게 두지 않을 거니까."

"아빠, 아빠!"

아빠를 애타게 불러 보았다. 가지 말라고, 나도 데려가 달라고 애원했다. 하지만 아무리 소리를 질러 봐도 대답은 돌아오지 않았다. 숙소 주인과 손님들은 종일 밖에서 사냥을 하느라 바빠서 숙소에는 내 목소리를 들을 사람이 아무도 없었다.

문이 쾅 닫히고 열쇠 구멍에 꽂힌 열쇠가 두 번 돌아가는 소리가 들렸다. 문을 열어 보려 했으나 꿈쩍도 하지 않았다. 계단을 내려가는 발소리가 점점 멀어졌다. 나를 방에 가두고 엄마에게 가고 있었다. 엄마에게 이 사실을 알릴 방법이 없었다. 자동차의 시동이 켜지고 출발하는 소리가 들렸다. 창가로 가서 밖을 내다보려 했지만, 창문은 너무 높았고 손잡이도 없었다.

나는 서랍과 가방을 뒤지며 창문을 열 만한 도구를 찾아 보았다. 그러다 아빠의 여행 가방 속 옷가지 사이에서 작은 알루미늄 상자를 발견했다. 총을 보관하는 상자였다. 영화에서 본 대로 열쇠 구멍을 총으로 쏴 버리면 될 것 같았다. 하지만 아쉽게도 상자는 비어 있었다. 아빠가 총을 가져간 것이다. 그 순간 아빠가 했던 말이 떠올랐다.

"안 되면 무슨 수를 써서라도!"

빨리 나가야 했다. 돌이킬 수 없는 일이 벌어진다면 그건 전부 내 탓이다. 그러면 나는 스스로를 용서하지 못할 것이다. 그제야 내 선택이 잘못되었음을 깨달았다. 아빠는 불안정하다. 아빠야말로 치료가 시급하다.

문을 발로 힘껏 차 보았지만 문은 쉽게 떨어져 나가지 않았다. 표면에 살짝 금이 갈 뿐이었다. 화장실에서 구멍이 숭숭 뚫린 장

식용 해석海石을 발견하고 끙끙대며 들고 나와 문손잡이에 툭 떨어 뜨렸다. 첫 시도만으로도 제법 타격이 있었다. 나는 심호흡을 하고 세 번 더 반복했다. 문고리가 떨어져 나갔다. 하지만 문은 여전히 굳게 잠겨 있었다. 이번에는 돌을 들고 앞뒤로 몇 번 흔들다가 있는 힘껏 문에 집어 던졌다. 문짝에 홈이 패었다. 돌이 떨어지면서 바닥 타일도 박살 났다.

나는 매트리스를 질질 끌고 와서 바닥에 깔고 무거운 돌덩이를 홈이 팬 자리에 다시 한번 던졌다. 돌은 매트리스 위로 떨어졌고 문의 가장 겉면이 부서졌다. 안쪽에 벌집 모양의 골판지가 보였다. 나는 합판을 뜯어내기 시작했다. 그리고 벌집 모양 골판지를 손으로 찢고 발로 차서 아작 냈다.

이제 마지막 합판 한 장만 해치우면 자유였다. 나는 매트리스 위에 등을 대고 누워서 두 발로 합판을 걷어차기 시작했다.

판타스틱4의 씽이 된 듯했다. 문을 발로 걷어찰 때마다 합판이 떨리는 게 느껴졌고, 얼마 안 가 구멍이 뻥 뚫렸다.

나는 구멍 안으로 몸을 밀어 넣었다. 뜯어져 나간 합판의 뾰족한 부분에 어깨와 다리를 조금 긁혔지만 아픔을 느낄 새도 없었다. 안내 데스크에 전화기가 있었다. 내가 긴급 구조 요청 번호를 누른다면 아빠가 체포되어 사태가 마무리될 것이었다.

한참을 망설인 끝에, 나는 주머니를 뒤져서 구겨진 택시 기사의 명함을 꺼냈다. 그리고 포에타에게 전화했다. 슈퍼히어로가 필요한 시점이었다. 소시지 던지기 올림픽 챔피언처럼 배불뚝이여도 상관없었다.

"도와주세요! 지난번에 만난 니콜라에요. 경찰서에서 내린 그 애요. 아저씨의 도움이 필요해요. 엄마에게 끔찍한 일이 일어날까 봐 무서워요!"

"지금 어디니?" 그가 한 치의 망설임도 없이 물었다.

데스크 위에 명함이 하나 있었다. '일 카치아토레, 농가 민박'이라고 적혀 있었다. 나는 이곳의 이름을 알려 주었다.

"최대한 빨리 가마! 일단 일본 손님 네 분부터 내려 드려야겠구나!" 차가 멈추는 소리와 함께 아저씨가 차 문을 열고는 예의고 뭐고 없이 우스꽝스러운 영어로 말하는 소리가 들렸다. "고! 가세요, 가요. 플리즈, 걸어가세요. 워크, 워크."

그리고 내 핸드폰을 가지고 있을 엄마에게 전화를 걸어 보았다. 응답이 없었다. 아빠와 통화를 한 뒤 전원을 꺼 둔 것이다. 엄마가 경찰에 전화해 내가 아빠와 함께 있고 위험에 처해 있을지도 모른다고 신고한 것은 나중에 알았다. 하지만 내가 자발적으로 한 일이라는 것도 인정해야 했을 것이다.

먼지가 자욱한 길을 택시가 전속력으로 달려올 거라 예상했지만, 놀랍게도 30분 뒤에 도착한 건 택시가 아닌 오토바이였다. 포에타 아저씨가 연식은 좀 됐지만 강력한 모토 구치_{Moto Guzzi} 오토바이를 타고 등장한 것이다. 나는 아저씨에게 무슨 일이 있었고 어디로 가야 하는지 설명했다. 하지만 총에 대해서는 말할 수 없었다. 아저씨가 내게 맞는 헬멧을 건넸고 나는 뒷좌석에 올라탔다.

"택시는 주차장에 두고 이걸 타고 왔어. 이 녀석과 함께라면 아무리 차가 막혀도 문제없지. 늦지 않게 도착할 수 있을 거다."

그 순간의 아저씨는 배트사이클을 탄 배트맨보다 수만 배 멋있었다.

오토바이는 들판 사이로 난 도로에 자욱한 먼지를 일으키며 전속력으로 달렸다.

적어도 아빠가 그룹홈에 들어가는 것은 쉽지 않을 터였다. 하지만 아빠는 다시 한번 예상을 뛰어넘는 일을 벌였다. 그곳에 들어가려는 모든 남자는 검문의 대상이었지만 아빠만은 예외였다. 신부로 변장하고 그곳에 갔기 때문이다. 비서의 것이라던 클레오파트라 의상은 처음부터 없었다. 아빠가 차에 실은 건 신부 옷이었다. 아빠는 콧수염과 품위 있는 분위기 덕분에 전혀 의심을 사지 않았다. 그 가짜 신부는 어느 부인을 만나러 왔다면서, 자신이 그 부인의 고해 사제이며 교구 목사라고 소개했다. 순진한 직원들은 아빠를 엄마에게 안내했다.

부다페스트, 1944년 12월 1일

　조지 영사님이 판노니아 48번가에 있는 대령의 은신처에서 레그라
디 가롤리 35번 건물로 우리 모녀의 거처를 옮겨 주었다. 엄마는 그곳
에서 주방 일을 돕고, 나는 폐병을 앓고 있는 내 또래의 여자아이와
놀 수 있게 되었다.
　우리가 이러한 변화에 만족하고 있을 때, 끔찍한 일이 벌어졌다.
　경찰이 쳐들어와 우리에게 짐을 챙기라며 거칠게 명령했다. 그들은
상부의 명령에 따라 우리를 체포해 갈 생각이었다. 한 사람도 빠짐없이
모두 이 집에서 나가야 했다.
　우리는 끌려갈 채비를 마치고 울고 있었다. 이대로 끝이라고 생각
했다.
　그 순간, 영사님이 달려와 그 상황을 진두지휘하고 있던 젊은 장교
에게 다가갔다.
　그들은 한 치의 양보도 없는 치열한 논쟁을 벌였다.
　영사님은 외무부의 승인 없이는 퇴거 명령을 집행할 수 없으며, 어

느 거물급 인사가 우리의 신원 보증을 해 주고 있다고 말했다. 그분은 아래층으로 내려가 문을 걸어 잠그고, 팔짱을 낀 채로 문 앞을 지키고 서 있기까지 했다.

믿음직스러운 그 모습을 보니 울음이 그쳤다.

창밖으로, 급습을 피하지 못하고 체포된 25번 건물 사람들이 지나가고 있었다. 그들은 절박한 비명을 지르며 도움을 호소했다. 맞은편 44번 건물에도 경찰과 빌어먹을 흑기사들이 들이닥쳤다.

경찰은 난감해하며 다시 대화를 나누었고, 그들의 목소리에는 반감이 가득했다. 이윽고 그들은 집을 나가 어디론가 향했다. 우리는 체포되지 않았다. 그리고 오늘 저녁, 어떻게 된 일인지 체포되었던 사람들이 전부 풀려났고, 우리의 영웅과 함께 돌아왔다.

"봤죠?" 내가 엄마에게 말했다. "제가 뭐랬어요?"

우리는 다 함께 기도하고 노래를 부르며 기뻐했다.

부다페스트

꽉 막힌 도로에서 포에타 아저씨는 물 만난 물개처럼 민첩하게 오토바이를 몰았다. 요리조리 빈틈을 파고들면서 도로 위의 무법 자처럼 시끄럽게 경적을 울려 대고, 행인들과 충돌할지 모르는 위 험까지 무릅써 가며 인도와 도로를 넘나들었다. 나는 눈을 감고 그를 꼭 껴안은 채 기도했다. 제때 도착하지 못하거나 사고가 날 까 봐 겁이 났고 경찰에 신고하지 않은 것이 후회되기도 했다.

그룹홈 앞에 도착했을 때, 길가에 주차되어 있는 아빠의 차가 보였다. 나는 집 안으로 뛰어 들어갔고 아저씨가 내 뒤를 따라왔 다. 내가 돌아온 걸 보고 반갑게 인사하던 마르게리타가 그의 앞 을 가로막고 들어가지 못하게 했다.

나는 엄마의 방으로 뛰어갔다.

* * *

아빠는 내가 가기 5분 전에 도착해서 엄마의 방문을 두드렸다.
아빠가 엄마와 누나 앞에 나타났을 때, 그 얼굴이 무슨 유령 같았
다는 얘기를 나중에 들었다. 성직자 모자를 푹 눌러 쓰고 누구인
지 알아보지 못하게 고개를 숙인 유령 말이다.

"안녕하세요, 신부님." 엄마가 인사했다.

그 순간 아빠는 주머니에 있던 권총을 꺼내 엄마에게 겨누었다.

"소리 지르면 가만 안 둬······." 아빠가 속삭였다. "얘기 좀 해.
이러는 이유를 말해 줘."

엄마와 누나는 겁에 질려 벽에 바짝 달라붙었다.

"아빠, 미쳤어요?" 누나가 소리쳤다.

그러자 아빠가 누나에게 엄마 옆에서 떨어지라고 명령했다. 누
나는 아빠의 요구를 따르지 않았다.

"난 미치지 않았어. 미친 건 너희 두 사람이지. 가족을 망가뜨
리려고 아주 작정을 했군. 마라, 비켜라. 내가 대화하고 싶은 사람
은 너희 엄마야!"

"그렇게는 못 해요. 쏘려면 저부터 쏴요!"

누나는 온몸으로 엄마를 보호했지만, 엄마가 누나를 뿌리쳤다.

"마라, 저리 비켜. 엄마는 하나도 무섭지 않아……. 더는 무서울 게 없어."

누나는 마지못해 한 걸음 물러났다.

"니콜라는 어디 있어요? 애한테 무슨 짓을 한 거죠?" 엄마가 물었다.

"애는 잘 있어. 이제 당신이 해야 할 일을 말해 주지." 아빠는 어떠한 반항도 용납하지 않겠다는 듯, 분노에 찬 날 선 눈빛으로 엄마의 얼굴을 향해 총구를 겨누고 단호하게 말했다. "고소를 취하하고 집으로 돌아와서 엄마로서, 아내로서 의무를 다하는 거야. 모든 게 제자리를 찾고 예전으로 돌아가도록!"

아빠의 목소리는 말할수록 점점 커져서 끝에는 거의 소리를 지르는 것처럼 되었다.

"난 당신을 사랑해." 아빠가 덧붙였다.

그러나 엄마는 눈 하나 깜짝 않고 고개를 꼿꼿이 들어 아빠를 쳐다보았다.

"아뇨, 난 돌아가지 않을 거예요."

"남자가 생겼군! 그런 거였어! 그럴 줄 알았어, 다른 남자가 생긴 거지?!" 아빠가 두 눈을 부릅뜨고 총을 더욱 꽉 쥐며 말했다.

"아니에요, 남자라뇨. 내 인생에서 남자는 당신뿐이었어요. 당신을 사랑했어요. 당신이 변하기를 기도했어요. 자신의 상태를 인정하고 치료받기를 얼마나 바랐는데…….”

“돌아와! 딴 사람이 생긴 게 아니라면…… 그러면…… 돌아와.”

“싫어.”

아빠의 손이 덜덜 떨렸다.

“내가 가만있지 않을 걸 당신도 알잖아. 당신을 얼마나 사랑하는지도. 난 당신 없이 못 살아. 날 떠나게 두지 않을 거야. 우리 가족을 망치게 둘 순 없어.”

“가족을 망친 건 내가 아니야, 바로 당신의 질투와 통제하려는 욕망, 당신을 폭력적인 괴물로 만드는 당신의 상처 때문이지!”

“조용히 해! 닥쳐! 마지막으로 부탁하지.” 아빠가 떨리는 목소리로 말했다. “돌아와.”

“싫어.” 엄마는 단호했다. “치료를 받아요……. 당신도 그래야 하는 걸 알잖아요.”

아빠의 눈을 바라보는 엄마의 눈빛엔 흔들림이 없었다. 분노를 이기지 못한 아빠는 이를 악물고 눈물을 흘리기 시작했다.

“돌아와…….”

그러나 엄마는 대답 없이 고개를 저었다.

아빠가 결국 총을 바로 쥐었다.

“발레리아, 당신이 자초한 거야. 난 당신을 이렇게 보내고 싶지 않았는데……. 내 인생 전부인 당신을……."

그리고 권총을 엄마의 얼굴을 향해 겨누었다. 손이 떨리고 있었다. 검지로 천천히 방아쇠를 당기면서 촉촉이 젖은 눈을 감았다.

짧은 대화가 그렇게 끝나가던 순간, 조금 열려 있던 화장실 문틈에서 사롤타가 튀어나와 지팡이로 아빠의 팔을 세게 내리쳤다. 바로 그 시점에 내가 도착했다.

고통을 호소하는 비명이 들렸다.

바닥에 떨어진 권총이 내 발밑으로 미끄러졌다. 사롤타는 온몸으로 아빠에게 달려들어 손을 쓸 수 없게 꽉 잡고 소리를 질렀다.

"외륄트Őrült: 미친놈! 이 여자 건들지 마, 꽃으로도 때려선 안 되는 사람이야!"

아빠가 몸부림치며 곧바로 그녀를 바닥에 눕혀서 제압했지만, 사롤타는 아빠의 손목을 단단히 부여잡고 놓지 않았다. 오히려 더 이를 악물고 몸싸움을 벌였다.

"건드리지! 말란! 말이야!" 그녀가 지지 않을 기세로 아빠를 노려보며 소리쳤다.

그러다 아빠가 오른손으로 사롤타의 목을 움켜쥐었다. 누나와 엄마가 아빠에게 달려들어 팔과 머리카락을 잡아당기며 아빠를 말리려 했지만 역부족이었다. 아빠는 사롤타의 목을 있는 힘껏 조였다. 사롤타의 얼굴빛이 보라색으로 변하기 시작했다.

"망할 년! 이게 다 너 때문이야, 빌어먹을 노숙자 주제에!"

"자버Gyáva: 겁쟁이……." 그녀가 숨을 헐떡이며 중얼거렸다. 그러면서 한쪽 무릎을 구부려 필사적으로 아빠를 밀어냈다.

나는 엉겁결에 바닥에 떨어진 총을 주워 공중에 발사했다. 천장에서 석회 가루가 떨어졌고 모두가 총성에 놀라 돌덩이처럼 굳었다.

아빠는 사롤타를 잡고 있던 손을 떼고 귀신이라도 본 것처럼 나를 쳐다보았다. 내가 와 있을 줄은 꿈에도 몰랐단 눈빛이었다. 아빠가 내게 다가왔다. 켁켁거리는 사롤타를 누나와 엄마가 달려가 일으켜 주었다.

잠깐 정적이 흐르고, 아빠가 어색하게 미소를 지으며 내게 한 걸음 다가왔다.

"잘했다, 니콜라! 잘했어!" 온몸이 땀으로 범벅이 된 아빠가 초점 잃은 눈빛으로 말했다. "총 이리 내렴, 어서! 이 여자들을 데리고 집으로 가자꾸나!"

나는 아빠에게 총을 건네는 대신…… 가슴에 총을 겨누었다.

"다가오지 말아요."

아빠는 영문을 모르겠다는 듯이 놀라서 나를 쳐다보았다.

"아빠야, 니콜라……. 우리는 한 팀이잖아…… 응? 우리는 똑같아……."

그리고 한 걸음 더 다가왔다.

"움직이지 마세요!"

아빠가 믿을 수 없다는 듯이 그 자리에 멈춰 섰다. 내 눈빛에서 장난이 아니라는 것을 느꼈을 것이다.

총성을 듣고 달려온 포에타와 마르게리타가 어느새 내 뒤에 서 있었다. 모든 것이 순식간에 일어났다. 짧다면 짧고 길다면 긴 시간이었다. 내가 도착하고, 사롤타와의 몸싸움이 벌어지고, 내가 총을 발사하고, 실랑이를 벌이던 마르게리타와 포에타가 총소리를 듣고 놀라 방으로 뛰어오기까지 말이다.

"아니에요!" 나는 눈물이 그렁그렁한 눈에서 분노를 내뿜으며 외쳤다. "난 아빠와 똑같지 않아요! 아빠처럼 되고 싶지 않아요! 우린 다르다고요! 아빠는 아파요, 우리까지 아프게 해요. 난 이런 멍청한 총 같은 건 필요 없어요. 남을 짓밟으면서 우월함을 느끼고 싶지도 않고요! 내가 완벽하지 않은 걸 알아요. 영웅은 더더욱 아니죠. 아빠도 마찬가지예요. 아빠도 영웅이 아니에요! 더 이상 저의 영웅이 아니라고요!"

나는 총을 내리고 아빠에게 배운 대로 안전장치를 채웠다. 그러고는 뒤돌아서 마르게리타에게 넘겨주었다. 아빠는 아무 말 없이 고개를 숙이고 있다가 아이처럼 울기 시작했다.

포에타가 아빠를 안아 주었다. 우리는 아빠가 그의 넓은 가슴에 안겨 흐느껴 우는 것을 가만히 지켜보았다. 아저씨가 아빠를 부축해서 함께 계단을 내려갔다.

"다 잘될 거요……." 그가 아빠를 다독였다. "도움이 조금 필요할 뿐이지……."

"정말로 쏠 뻔했어요……." 아빠가 울먹이며 말했다. "내가 어떻게……."

"다 끝났어요, 이제 아무 생각 말아요……."

* * *

사롤타는 병원에서 퇴원하고 우리가 있는 그룹홈에 들어오게 되었다고 한다. 엄마와 누나는 그녀가 이모나 할머니라도 되는 양 그곳 사람들에게 소개했다. 사롤타는 당뇨 관리도 시작했다.

우리는 마르게리타와 경찰서장님이 말했듯, 아빠가 더 이상 우리에게 접근하지 않고 치료 프로그램에 성실히 참여해서 자신의 문제를 해결하기 위해 노력한다면, 무단 침입과 엄마에 대한 살인 미수 혐의는 묻을 수 있도록 적극 협조하겠다고 했다. 아빠는 이를 받아들였다. 단지 감옥에 가지 않기 위해서가 아니라, 이번 일을 계기로 치료가 절실하다는 것을 깨달았기 때문이다.

포에타 아저씨는 아빠를 자주 찾아가 만났으며, 정신과 면담이 있거나 재활 센터에 가는 날이면 아빠의 보호자를 자처했다. 놀랍게도 재활 센터에는 아빠와 비슷한 문제를 안고 살아가는 사람들이 많았다. 아빠와 마찬가지로, 그들 역시 자신에게 도움이 필요하다는 것을 절실히 느끼고 있었다.

아빠는 포에타를 직원으로 고용했다. 이제 그는 아빠의 운전기사로 일하며 회사에 없어서는 안 될 존재가 되었다. 그는 우리뿐만 아니라 아빠의 수호천사였다.

그날 이후 우리는 아빠를 보지 못했다.

우리가 그룹홈을 나와 집으로 돌아왔을 때, 사롤타는 몇 번의 거절 끝에 우리와 함께 지내기로 하고 손님방에 짐을 풀었다. 나를 제외한 모두가 엉망이 된 집과 사롤타의 사진첩을 보고 깜짝 놀랐다. 사롤타는 사진첩이 망가져 속상해했지만, 자신이 어린 시절에 쓰던 일기장을 발견하고는 놀란 동시에 기쁨을 감추지 못했다.

자신의 어머니가 두툼한 사진첩 표지 안에 일기장을 숨겨 두었으리라곤 사롤타도 생각하지 못했다고 한다. 그녀는 일기장을 넘겨 보면서 나치에게 점령당한 부다페스트에서 두 모녀가 겪은 이야기를 해 주었다. 스페인 영사로 위장한 조르조 페를라스카라는 사람이 그녀를 비롯해 5천 명 정도의 유대인들을 추방 위기에서 구해 주고 죽을 고비를 넘기게 해 주었다는 이야기였다.

그러고는 우리는 정말 친절한 사람들이지만, 우리 집에서 계속 신세 질 순 없다는 생각을 내비쳤다.

"부인은 이제 우리 가족이나 다름없는걸요. 얼마나 큰 빚을 졌는지 몰라요, 사롤타."

"빚을 진 사람은 나죠. 부인이 내 목숨을 구했으니……."

"우린 비긴 거예요. 사롤타 당신은 제게 빚을 지지 않았어요. 부인이 자원봉사자들과 거리에서 싸우는 걸 본 순간 저도 힘을 얻었으니까요. 이유는 모르겠지만, 나 자신을 구하려면 부인부터 구해야 한다는 생각이 들었죠."

* * *

어느 날 저녁, 마라 누나는 소파에 앉아 너덜너덜해진 사진첩을 만지작대며 생각에 잠긴 사롤타를 보면서, 예전부터 마음에 담아 두었던 질문을 던졌다.

"할머니, 가족들과 무슨 일이 있던 거예요? 왜 가족과 함께 살지 않으세요?"

엄마가 신경 끄라며 누나를 꾸짖었다.

하지만 사롤타는 괜찮다고 말했다.

우리의 예상과 달리 비극적인 사연은 없었다. 허무할 정도로 평범한 이야기였다.

사롤타는 아들 내외와 함께 살면서 손자를 왕자처럼 돌봤다. 그러던 어느 날, 그녀는 우연히 며느리와 아들이 나누는 대화를 듣게 되었다. 네 가족이 생활하기에 집이 비좁고, 그렇다고 큰 집으로 이사할 만한 돈도 없다는 이야기였다. 아들이 말했다.

"어머니가 안 계시면 도미니크도 자기 방을 가질 수 있을 텐데. 당장은 우리와 한방을 써도 되지만, 조금 더 크면 개인 공간이 필요할 거예요."

"그게 무슨 말이에요. 어머님이 연세가 있으시긴 해도 요양원에 가실 정도는 아니잖아요." 며느리가 웃으면서 말했다.

사롤타는 그 이야기를 하며 씁쓸한 표정을 지었다.

"그거 알아요? 난 항상 가족 일에 발 벗고 나섰어요. 요리하고 손자를 돌보고……. 손자는 내가 키운 거나 다름없죠. 지금은 많이 컸겠네요. 문제는 내가……."

엄마가 사롤타의 말을 막았다.

"그런 뜻으로 한 말이 아니었을 거예요……."

"그건 중요하지 않아요. 내게도 존엄성이란 게 있다우. 가족에게 짐이 되고 싶지 않았지. 그래서 어느 날 짐을 챙겨서 집을 나왔고, 말도 없이 이탈리아로 온 거예요. 돈이 떨어졌지만 나이가 많아서 일자리가 구해지지 않더군요. 그래서 거리를 전전하게 된 거

고……. 그게 다예요. 하지만 돌아가지는 않을 거요……. 또 짐이
되고 싶지는 않으니까."

"세상에서 제가 제일 예민한 사람이라고 생각했는데, 저보다
더하시네요." 누나가 말했다. "가족이 얼마나 걱정하며 할머니를
찾아다녔겠어요!"

사롤타가 고개를 저었다.

"그 애들은 자유가 생겼고 나도 그래. 그게 중요한 거지. 그들
은 행복할 거야……." 그리고 굳은 표정으로 덧붙였다. "이 얘긴
못 들은 걸로 해 줘요. 다 지나간 일이에요."

"아들이 부인을 보고 싶어 할지도 모른다는 생각은 안 해 봤어
요? 이혼했을지도 모르는 거잖아요. 그러면 손자는……. 어떻게
지내는지 궁금하지 않아요?" 엄마가 물었다.

"손자는 잘 지내겠죠, 할머니를 닮아서 씩씩하거든! 이 얘긴 그
만하죠, 생각하고 싶지 않아요. 이제 더 이상 말하고 싶지 않네요.
아까 말한 대로, 나는 내일 떠나렵니다……. 그러니 이제 그만 가
서 잘게요."

엄마는 그녀에게 사과하며 우리와 계속 함께 지내도 좋다고 했
지만, 사롤타는 결심을 굳힌 듯했다.

바로 다음 날 아침, 헝가리 대사관에서 전화가 왔다.

"부인, 며칠간 전화를 했었는데, 아무 응답이 없더군요. 코로스

메제 씨를 찾았어요. 아내와 아들을 데리고 어머님을 모시러 왔어요. 온 지 벌써 일주일이 지났는데 부인과 연락이 닿지 않아 실망하고 떠나려던 참이었어요."

엄마는 감격에 겨워 힘이 풀린 몸을 간신히 벽에 기대고 서서 우리 집의 주소를 불러 주었다.

사롤타는 아침 일찍 일어나 떠날 채비를 하고 있었다. 엄마가 아침을 먹고 가라는 핑계로 그녀를 10시 30분까지 잡아 두었다.

드디어 초인종이 울렸다. 인터폰으로 대문을 열었다. 잠시 후 대사관 직원이 집 안으로 들어왔다. 직원은 자신을 소개한 뒤 사롤타와 헝가리어로 대화를 시작했다.

"아들 내외와 손자가 부다페스트에서 어머님을 모시러 왔어요. 몇 년간 어머님을 찾아다녔다네요. 허락하시면 들어오라고 할게요. 원치 않으시면 그들은 이대로 부다페스트로 돌아갈 거고요. 어머님 뜻을 거스를 생각은 없습니다. 어머님은 잘 지내신다고 제가 전해 줄 거고요."

사롤타의 얼굴이 빨갛게 달아올랐다. 몸을 덜덜 떨었고 얼굴을 만지작거리며 우왕좌왕했다.

"농담 아니죠?" 그녀가 물었다.

직원이 아니라는 표시로 고개를 저었다.

"당신 짓이군요!"

사롤타가 엄마를 돌아보았다. 그러더니 엄마의 목을 잡고 와락 끌어안았다. 난 그 순간 할머니가 엄마의 목을 조르는 줄 알고 깜짝 놀랐다.

"이런 세상에! 어떻게 이런 일이! 내가 왜 이러지, 부끄러워라! 다시는 내 아들, 내 가족을 못 볼 줄 알았어요!"

그녀는 기쁨의 눈물을 흘렸다. 그러다 마음을 가다듬고 머리를 정돈하기 시작했다.

"나 어때요?"

"아름다워요!"

"세상에, 이 거짓말쟁이! 지팡이 저리 치워요. 필요 없어요, 다 나았다고요. 세상에, 이런 일이!"

마침내 현관문이 열렸고, 형언할 수 없는 장면이 펼쳐졌다.

사롤타의 아들과 며느리가 알아들을 수 없는 탄성을 지르고 울면서 그녀를 부둥켜안았다. 내 또래쯤 돼 보이는 손자는 말없이 그녀를 쳐다보다가 다가와 말했다.

"너지머머Nagymama: 할머니!"

사롤타는 손자에게 연신 뽀뽀를 해 대며 말했다.

"헤르체겜! 헤르체겜! 우노카요침! 마이 칠라곰! Hercegem! Hercegem! Unokaöcsém! My Csillagom!: 나의 왕자! 나의 왕자! 내 손자! 내 사랑!" 달콤한 눈물이 흘렀다. "너를 못 보고 죽는 줄 알았어……. 많이 컸구나!"

사롤타가 짐을 챙기고 있을 때, 우리는 아빠의 횡포에도 살아남은 몇 장의 사진들을 사진첩에 담아 그녀에게 돌려주었다. 사롤타는 표지 속에서 발견된 자신의 어린 시절 일기장을 내게 선물했다.

"이건 네가 간직해 다오. 이걸 보면서 세상에 멋진 남자들이 많다는 것을 기억했으면 좋겠구나!"

나는 여전히 헝가리어를 읽을 줄 모르지만, 이제 일기장의 내용은 대강 알게 됐다. 사롤타에게 들은 이야기도 있고, 그녀가 떠난 뒤 인터넷을 이용해 매일 밤 한 장씩 번역해 보기도 해서다. 결코 쉬운 일은 아니었다. 천천히 땅을 파면서 다른 시대, 다른 삶의 화석을 발굴하는 느낌이었다. 일기장을 읽을수록 그 속에 점점 더 빠져들었고, 지나고 나니 제법 이해가 되는 것 같았다.

* * *

우리는 그녀를 기차역까지 배웅해 주었다. 사롤타가 마지막으로 우리 가족을 꼭 껴안았다.

"난 이제 집에 돌아가요, 헝가리에 있는 집으로요. 신의 축복과 행운이 있기를 빌게요! 당신들 덕분에 살았어요! 아직도 믿기지가 않네요!"

우리 모두는 기차역 승강장에서 분수처럼 눈물을 펑펑 쏟았다.

지나가던 차장이 서둘러 기차에 오르라고 말했다. 도미니크가 할머니의 손을 잡고 뭔가 말을 했는데, 분명 떠날 시간이 되었다는 말이었을 것이다. 나도 도미니크와 작별 인사를 했고 그들은 기차에 올랐다.

"우리 집에 놀러 와요!" 사롤타가 돌아보며 말했다. "당신들의 좋은 친구가 헝가리에서 기다리고 있으니! 우리가 사는 곳이 얼마나 아름다운지 꼭 보러 와요!"

엄마의 눈에 눈물이 그렁그렁 맺혔다. 사롤타와 동화 같은 해피 엔딩을 맞았다. 아빠와도 그렇게 됐으면 좋았겠지만…… 세상엔 시간이 걸리고 어려운 일도 있기 마련이다.

사롤타가 떠난 지 1년이 지나고, 우리도 다른 도시로 떠났다. 원래 살던 곳에서 그리 멀지 않았지만, 이사 후엔 아빠와는 거의 만나지 않았다.

아빠는 무척 많이 변했다. 심지어 이제는 배도 약간 나왔고 머리도 많이 길렀다.

아빠는 우리를 만나면 잘 지내고 있다고 말하고는 엄마 소식을 묻기에 바빴다. 그리고 엄마에게 안부를 전해 달라고 수차례 당부했다. 정신과 전문의와 재활 센터의 도움으로 호전되고 있다는 말도 반복했다. 집 앞에서 작별 인사를 나눌 때면, 아빠는 나와 어느덧 훌쩍 자라 어른이 된 누나를 꼭 껴안아 주었다.

우리가 아빠를 마지막으로 본 건 지난주 금요일이었다.

"이제 두렵지 않아." 아빠가 말했다. "엄마가 아빠를 용서하고 우리가 다 같이 만나는 날이 빨리 왔으면 좋겠구나……."

"행복한 가족처럼요?" 내가 눈물을 글썽이며 짓궂게 물었다.

"아니! 행복한 가족은 이제 됐어! 우린 할 만큼 했잖아!"

아빠가 웃었다. 정말 오랜만에 보는 아빠의 미소였다. 그러나 평소와는 달랐다. 누군가에게 보여 주기 위한 미소가 아닌 혼자 짓는 미소였다.

"가족은 그만하면 됐어. 두려움 없이 서로를 사랑할 방법은 많거든."

* * *

드디어 기차가 도착했다.

엄마가 누나를 깨웠다. 내 앞에서 잠을 자던 인도 청년은 안내 방송을 듣고 때맞춰 잠에서 깼다. 황급히 자신의 짐을 챙겨 하품을 하면서 야구 모자가 가득 담긴 가방을 어깨에 둘러멨다.

우리도 다양한 인종의 사람들 사이에서 여행 가방을 들고 완행 열차에 올랐다. 잠시 후, 기차 문이 닫히고 우리는 새로운 여행을 시작했다.

"로마에서 더 편한 기차로 갈아탈 거야." 비행기를 내키지 않아 하던 엄마가 말했다. "그리고 베네치아에서 한 번만 더 갈아타면 돼. 부다페스트는 생각보다 멀지 않아."

부다페스트, 1945년 1월 18일

　이번엔 러시아가 쳐들어왔다. 최근 은신 중인 이들 중 일부는 밀려드는 긴장감과 언제 습격해 올지 모르는 흑기사들에 대한 공포를 이기지 못하고 스스로 목숨을 끊었다.

　조지 영사님은 우리가 흑기사로부터 우리 자신을 지켜 낸 것처럼, 이제는 러시아로부터 스스로를 지켜야 한다고 말했다. 우리는 러시아군이 이웃 여자들을 강간했고, 집에서 무기가 발견되면 민간인들을 반역자로 몰아 총살했다는 것을 알고 있다.

그래서 밤이 되면 나는 엄마와 코바치 아저씨와 함께 또 다른 은신처를 찾아 나섰다. 우리는 약탈과 탄압이 멈출 날을, 이 전쟁이 끝나고 평화가 올 날을 기다리며 코바치 아저씨의 가게 뒷방으로 돌아가 숨어 있기로 했다. 나와 엄마는 다른 누구보다 더 꼭꼭 숨어 있어야 했다. 러시아인들도 유대인을 좋아하지 않기 때문에 우리는 옷에 부착한 다윗의 별을 떼어 냈다.

이번에도 행운이 찾아와 살아남기를. 다시 좋은 세상이 올 때까지.

여성긴급전화 1366

24시간 여성 폭력 긴급 상담 및 연계
전화번호 1366
홈페이지 women1366.kr

한국여성의전화

여성 폭력 피해자 보호 쉼터 운영, 상담 및 치유 프로그램 진행
전화번호 02-2263-6464~5
홈페이지 hotline.or.kr

청소년상담 1388

학업 및 진로·친구 관계·가정 문제·성폭력 등
청소년의 다양한 고민에 대해 전문적 심리 상담 제공
전화번호 1388
홈페이지 cyber1388.kr

다누리콜센터

폭력 피해 이주 여성에 대한 상담 및 긴급 지원
(전화 상담 후 방문 상담·면접 상담 가능)
전화번호 1577-1366
홈페이지 liveinkorea.kr

• 이 외에도 전국의 청소년 상담 복지 센터, 전국의 가정 폭력 상담소와 성폭력 상담소 등
  여러 기관을 통해 관련 문제를 상담할 수 있습니다.

행복한 가족

초판 1쇄 인쇄 2023년 11월 15일
초판 1쇄 발행 2023년 11월 25일

글 파브리치오 실레이
번역 최정윤
펴낸이 김영곤
펴낸곳 ㈜북이십일 아르테

융합1본부장 문영 **책임편집** 정유나 **융합1팀** 김미희 오경은 이해인 **디자인** 박지영
아동마케팅영업본부장 변유경 **아동영업팀** 강경남 오은희 김규희 황성진 양슬기
아동마케팅1팀 김영남 황혜선 이규림 정성은 손용우 **아동마케팅2팀** 임동렬 이해림 최윤아
해외기획 최연순 **제작** 이영민 권경민

출판등록 2000년 5월 6일 제406-2003-061호
주소 (우 10881) 경기도 파주시 문발동 회동길 201
대표전화 031-955-2100 **팩스** 031-955-2177
홈페이지 www.book21.com

© 파브리치오 실레이, 2015·2022

ISBN 979-11-7117-208-5 (43880)